Joe Maricoji **万里小路 譲**
詩集

永遠の思いやり

チャーリー・ブラウンと
スヌーピーと仲間たち

コールサック社

詩集

永遠の思いやり

チャーリー・ブラウンと
スヌーピーと仲間たち

目次

Ⅲ　お人好しとチャッカリ屋　*Sally Brown & Charlie Brown*

Ⅷ 光と影　*Lucy & Charlie Brown*

IX　光の女王と豆哲学者　*Lucy & Linus*

XII　世界の宝物　リラン　Rerun

XIII　自分を生きる愉快な仲間たち

Franklin, Pigpen, Roy, Royanne, Patty, Shermy, Peggy Jean, Violet,
Cormac, Eudora, Maynard, The Little Red-haired Girl

チャールズ・シュルツ氏に捧げる

詩集

永遠の思いやり

チャーリー・ブラウンと
スヌーピーと仲間たち

万里小路　譲

【本書の成立と構成】

❶　本書は4行の連を4つ従える16行詩の集成となっているが、第2連はすべてチャールズ・シュルツ氏によるコミックス *Peanuts*『ピーナッツ』からの引用である。引用にあたっては、作品における吹き出し部分（英語による会話文）を日本語の私訳によって4行に構成している。なお、4行という制約があるため、必ずしも原文の全体が訳されているとは限らない。作品のイラスト部分は引用していないので台詞の主はわかりにくいが、登場しているキャラクターをタイトルのあとに列挙しており、その順に台詞は発せられている。

❷　第2連の私訳に該当している原文は、各詩篇のあとの枠線内に明示してある。この原文については、*The Complete Peanuts* by Charles M. Schulz (26 volumes), Fantagraphics Books, 2004 ～ 2016に基づいている。

❸　シュルツ氏による *Peanuts*『ピーナッツ』の個々の作品にタイトルは付いていないが、16行詩に付けたタイトルは筆者の創意による。

❹　同じスタイルで第1巻と言うべき詩集『はるかなる宇宙の片隅の風そよぐ大地での草野球 ── スヌーピーとチャーリー・ブラウンとその仲間たち』（2015.5.5　書肆犀）を刊行しているが、これには108篇を収めてある。第2巻となる本著には268篇を収録しているので、合わせて376篇となった。いくつかの章の末尾に、「Flashback」1 ～ 8として第1巻から8篇を選び、筆者による英訳を付け加えて再掲載している。

I

永遠のアンチヒーロー

Charlie Brown

我思う   Charlie Brown

我思う
ゆえに我あり
とはいえ　物思いの
大半は苦悩でいっぱい

「ときどき眠れずに問いかける
　〝これでいいのだろうか？〟
　すると声がする
　〝誰に話してるんだ？〟」

問いを創出し
問いかけている自分
問う主体は自己で
問う相手は？

眠れない者
つまり　自分
思い込みは
すべて幻想なのでは？

"Sometimes I lie awake at night, and I ask, 'Is it all worth it?'
Then a voice says, 'Who are you talking to?' Then another voice
says, 'You mean, to whom are you talking?' No wonder I lie
awake at night!"   1993.2.6

バンジージャンプ   *Charlie Brown*

就寝前のちっぽけな
脳内世界では
どんなことでも
誓うことができる

「明日こそはあの赤毛の女の子に
　堂々と好きだって打ち明けてやるぞ
　それから　ぐっと抱きしめてやる
　そして月からバンジージャンプ」

推理小説のように興が湧く
おもしろい発想だね
妄想　あるいは
戯言とも言いうるが

久しぶりに頼もしいが
チャーリー・ブラウン
ぜひ聞かせておくれ
次の日の展開

"I think tomorrow I'll come right out and tell that little red-haired girl that I love her.. Then I'll give her a big hug.. Then I'll go Bungee-jumping from the moon."   1992.10.15

それから　　*Charlie Brown*

人間は恥ずかしさを抱く存在
他者と自己の関係性は
贈与と心の交歓にもあり
プレゼントもそのひとつ

「ぼくの存在に気づいていない女の子のために
　バレンタインキャンディ一箱ほしいんです
　いいえ　高いのでなくていいんです
　どうせあげる勇気はありませんから」

勇気はなくとも
消え去らず
醒めないのだ
恋心

『それから』っていう
小説あったな　それから
どうなったんだろう？
あの主人公　いや　キャンディ一箱

"Yes, ma'am, I'd like to buy a box of Valentine candy for a girl
who doesn't know I exist... No, ma'am.. Nothing too
expensive.. I'll never have the nerve to give it to her anyway.."
1989.2.13

間違い　Charlie Brown

人間だけだろうか
心配するのは？
夢や希望をもって
洞察するのも？

「夜中に目覚め　問う
　〝どこでぼくは間違ったんだ？〟
　すると　声がする
　〝それに答えるには一晩じゃすまないな〟」

見果てぬ希望の夢
夢見ることなく
通過儀礼のようにやってくる
反省のためだけの眠れぬ夜

間違ったのはどこでだろう？
とはいえ　どこかに
あるのだろうか？
間違わなかった人生

"Sometimes I lie awake at night, and I ask, 'Where have I gone wrong?' Then a voice says to me, 'This is going to take more than one night'"　　　1994.7.15

ドーパミンの恋　Charlie Brown

自分の挙動すら
振り返りえず
恋は　盲目というより
ドーパミンのしわざ

「この樹の陰に隠れていれば
　赤毛の女の子がやって来て
　ぼくの手からこのキャンディ
　取ってくれるかな？」

あげる勇気はないけれど
あげたい思いだけが彷徨って
箱にこめられた
ハートマークの恋心

だれか　見かけた？
赤毛の女の子
いいんだよ　チャック
人生は叶えられぬ思いの総体

"I'm afraid if I give this box of candy to that little red haired
girl, she'll just laugh in my face.. Maybe I can hide behind this
tree, and when she comes by, she'll take it out of my hand.."
1989.2.14

昼休み　*Charlie Browne*

群れというからには
鳥や魚の群れにも
ひとの群れと同じように
残酷な昼休みがある？

「昼休みがなければ　学校も
　あまり気にならないのだけれど……
　ここに座ろうかな　赤毛の女の子が
　ここに来て座ってくれたなら……」

独りで食べる弁当ほど
寂しいものはない
とりわけ　胸に
恋しいひとがいれば

今日もまた同じだけど
ピーナッツバターサンド
お母さんが作ってくれた弁当
あたたかいね

> "I don't think I mind school at all if it weren't for these lunch
> hours... I guess I'll sit on this bench... Peanut butter again!
> Oh, well, Mom does her best... I'd give anything in the world
> if that little girl with the red hair would come over, and sit with
> me.."　　　　　　　　　　　　　　　　　　1961.11.19

なぜ？　Charlie Brown

夜も深まって
眠りに落ちてしまえば
何事もないものを
なにゆえの心臓の鼓動？

「夜　ベッドに横たわり
　ときどき自問する　なぜ？
　すると　声がする」
「なぜって　何が？」

理由・原因を問う
疑問副詞の Why
森羅万象のわけを
問おうと？

目を瞑ったほうが
賢いこともある
一生かけても
解けないならば

"Sometimes I lie in bed at night, and I ask myself, 'Why?'"
Then a voice comes to me that says 'Why, what?'"　1991.3.15

声　谺　幻　Charlie Brown

遥かなる山　遥かなる鼓動
ワイオミングの空と雲
農作一家のもとに
流れ着いたガンマン

「〝シェーン！　シェーン！
　カムバック！　……〟
　この映画は20回観たけれど
　シェーンは戻ってきたためしがない」

決闘を終え
独り立ち去るシェーン
負傷している
どこへ行こうと？

叫べば戻って来るさ
声　谺　幻
甦るんだね　ジョイ
そのこころに

"Shane!" "Shane!" "Come back!"
"I've watched this movie twenty times and Shane never comes
back… Rats!"　　　　　　　　　　　　　　　　　1988.9.27

逢い引き *Charlie Brown*

逢い引きの行方は
予測を超えるもの
当の二人にさえ
わかるまい

「車に乗って去った先生を見かけました
　先週いっしょだった男のひと
　ぼくらの知っているひとですか？
　すみません　父親のような口ぶりで」

野球の試合観戦に
来てたのかい　きみの先生？
でも　チャック
先生は仲間だからといって

プライヴァシーも共有
という手はないよね
ところで　打ったかい
ホームラン？

"Yes, Ma'am, I saw you at our game last week.. And I saw you
get into that other car and leave.. That fellow you left with…
Do we know anything about him? Sorry, Ma'am.. I sound like
your father or something, don't I?"　　　　　1989.3.20

いまここ　　Charlie Brown

いまとはいつか？
こことはどこか？
私とはだれか？
在るとは何か？

「夜ときどき眠れずに問う
　〝なぜぼくは　ここにいるんだ？〟
　すると声が答える
　〝では　どこにいたいんだ？〟」

きみだけではないさ
チャーリー・ブラウン
それは究極の問い
Why am I here?

いまここではないところ？
あるんだな
映画　小説　音楽　ほか
いまだ見知らぬ未踏の世界

"Sometimes I lie awake at night, and I ask, 'Why am I here?!'
Then a voice answers, 'Why? Where do you want to be?'"
1994.2.7

他者のまなざし　　Charlie Brown

いかに生きるべきか
だれしも思い悩むもの
むしろ　思い悩む人生にこそ
意義があるとでも？

「犬を幸せにするために
　余生を捧げるつもりです
　両親とはまだ相談していませんが
　犬とは話し合いました」

何者にもなれないって
ひがむ前に考えるべきこと
犬を幸せにできる
人間になれること

ひとはだれしも
相互に依存する存在
自己実現は
他者実現が保証している

"Yes, ma'am.. I've decided to quit school.. I'll probably never amount to anything anyway… I'm going to devote the rest of my life to making my dog happy.. No, ma'am, I haven't discussed this yet with my mother and father.. But I talked it over with my dog and he seemed to think it's a great idea.."

1989.10.27

Ⅱ

我流哲学でいこう

Sally Brown
(& Snoopy)

命運　Sally Brown

世界の人口は今や73億人
1万年前はわずか100万人
今世紀の終わりには
112億人に達する見込み

「人口調節についてのレポートです
　　いたる所に人がいます
　　多すぎるというひともいますが
　　だれも出て行きたがりません」

食糧危機　環境破壊
新型ウイルス　地震　豪雨
原発崩壊　侵略　難民
サイバー攻撃　核拡散

こんな世界に
新たに生まれ出ようとは
どうなのだろう？
人類の意志と命運

"My report is on population control… People are everywhere..
Some people say there are too many of us, but no one wants to
leave.. What's so funny?! By Golly, this is a serious report! You'd
better stop laughing!"
　　　　　　　　　　　　　　　　　　　　　　　　　　　1971

作文　Sally Brown

学校とは
児童と教師の関係性の場
力学はどちらに
重く傾いている？

「第３問がよくわからないのですが
　自分の考えを書くのですか　それとも
　先生が私たちに書いてほしいと
　考えていることを書くのですか？」

そう言えばあったな
小学校での作文の時間
思い返すのは　タイトルを眺め
ただ蒼ざめていたこと

級友たちがすばやくみな
鉛筆を動かしているあいだ
頬杖ついて
１行も書けなかったこと

"Ma'am, I don't really understand this third question… Do you want us to write what we think, or what we think you want us to write?"

躾　Sally Brown

愛情が過分か不足かで
問題が起きる人格形成
さあ　人間教育の
始まり　はじまーり

「おばあちゃん　おじいちゃんへ
　祖父母は孫を甘やかしたがる
　と言われていますが
　私のほうは準備OKです」

何事もバランスが重要
などとかまえてみても
子育ては終わってしまえば
すべてはあとの祭り

自己が確立しているね
サリー・ブラウン
祖父母のほうが先に
しつけられている

> "Dear Grandma and Grandpa, they say that grandparents like to spoil their grandchildren. I'm ready when you are."
>
> 1986.1.6

独り言　　School BLDG & Sally Brown

サリーが近づくと
学校は喋りはじめる
たまっていたんだろうな
ストレス

「若いころは美術学校か
　音楽学校になるのが夢だった
　今は観光バスすら立ち寄らない
　絵ハガキになったことすらない」

かつては学校にも
眩い夢があったのだ
大空を仰いで
風雨に負けず

課題解決の教育目標
人材育成の学校目標
ＰとＴのＡという連携
可能性に満ちた──

"Here I am… Just an ordinary school… When I was young, I was sure I was going to be an art institute or a music college… Sight-seeing tours ignore me… I'm just another school… I've never even been on a post card!"　　　　　1976.1.6

学校さん　　Sally Brown & The School BLDG.

学校と会話できる
それは　サリーだけの
得意技　いやむしろ
孤独な心の遊び技？

「あなたは　学校であること
　恥じるべきじゃないわ
　今までどれだけ役に立ったか考えて」
「ちょっと気がめいるだけなんだよ」

集団主義に規律主義
いじめに自殺
そうか　学校もまた
悩んでいたとは！

受験地獄　不登校　中退
何かいいことあった？
設立され百数年
人間なら御臨終なんだけど

"You shouldn't be ashamed of being a school… Think of how much you've contributed…"
"I guess I'm just depressed. I think the smell of peanut butter is getting me down."　　　　　　　　　　　　　1976.1.7

疑問符　Linus, Charlie Brown, Sally Brown, Snoopy & Woodstock

疑問文の種類は三つ
一般疑問文
選択疑問文
特殊疑問文

「きょうは何の勉強かわかる？　疑問符だよ」
「ほんと？」
「質問に質問で答えちゃいけないって
　先生が言ってたわ」「？」「？」

疑問詞を用いる特殊疑問文は
返答は多様で　やや手ごわい
特に Why への返答は難問
しかし疑問に疑問を重ねる疑問文も？

定まった解答は
ないんだね　要するに
人生への根本的な問いにもまた
？　に　？　か　？

"You know what we're going to be studying in class today?
Question marks.."
"Is that right?"
"Our teacher said you should try never to answer a question
with a question.."
" ? " " ? "   1991.4.25

37

塗り絵　　Sally Brown & Snoopy

受賞とか表彰とか
優勝とか貢献とか
顕彰の形態が
さまざまあるけれど——

「犬が塗り絵大会で優勝？
　　バカげているわ」
「深く考えないほうがいいよ
　　犬の一生それ自体バカげているのだから」

犬の一生かあ
ひとの一生はどうなのか？
バカげていない一生って
どんな一生？

畢竟するに
塗り絵大会のような
ものではないだろうか
すべての一生は

"How could a dog win a coloring contest? That's ridiculous!"
"I agree.. Unless you stop to think about it.. A dog's whole life
is ridiculous.."

献睡眠　　Sally Brown & Snoopy

オンとオフの
人間の日常
バランスが重要と
知るも難しく

「ほとんどのひとが睡眠を
　十分とっていないんだって
　少し睡眠を寄付したら？」
「目が覚めたら考えよう」

活動時間を先延ばし
しているゆえか
よく眠る動物は
長生きするらしい

せわしく心を亡くしている現代人には
喉から手が出るはず
献血があるように
献睡眠があったとは！

> "Hmm,, It says here that most people don't get enough sleep…
> Maybe you could donate some!"
> "I'll think of an answer when I wake up.."　　　1987.2.6

春風　Sally Brown & Snoopy

陽射しはやわらかく
鼻の奥まで通る風
香りでわかる
春だってこと

「この本　登場人物が多すぎ
　いろんなことが起こりすぎて　筋が追えない」
「ぼくは登場人物が一人きりで
　何も起こらない本が好きだな」

万巻の書の千変万化の
ストーリーより
主人公が独りだけの物語
そのまわりで何が起こる？

本と文字であふれてしまった
この世界のただなかにいて
何も起こらなくたって
いいんだね

> "There are too many characters in this book, and too much
> going on.. I can't keep track of them all…"
> "I like a book where there's only one character and nothing
> happens to him.."　　　　　　　　　　　　　　1990.3.20

感嘆符　Sally Brown, Linus & Snoopy

言語学習は生涯学習
コミュニケーション力に
思考力　判断力　表現力
生きる力の養成の源

「スクールバスに乗らなかったらどうなる？」
「感嘆符をどこに置くべきか
　　知らずに一生を過ごすことになる」
「〝ご飯だよ！〟のあとでいいんだよ」

感嘆符とは　感動　興奮
強調　驚き　を表わす符号
その付点で一挙に語句の
様相が変容する！

さて　スヌーピー
すでに学習済みでしたか
きみの定番の一語は
永遠へと光り輝く──

"What would happen if I just stood here, and don't get on the
school bus?"
"We're studying exclamation points today.. You'd go through
life not knowing where to put the exclamation point…"
"Right after 'Suppertime!'"　　　　　　　　　　1991.4.23

Take It Easy   Sally Brown   1997.2.18

A morning comes;
a daytime comes.
For each person
dusk is coming.

"I think I've discovered
 the secret of life..
 You just hang around
 until you get used to it.."

What is life?
It's being born into
this world and living
until the end of life.

Someone asked you to
live your own life?
Let's take it easy
and go on to the goal.

  * The 2nd stanza from *Peanuts* by Charles Schulz.

気楽にね

朝がきて
昼がきて
ひとそれぞれに
夕暮れがやってくる

「生きる秘訣があって
それがわかったの……
慣れるまでぶらぶら
していれば　いいのよ」

人生とは
この世に生まれ
命が果てるまで
生きていくこと

誰かに頼まれた？
この人生
気楽にいこうね
終点まで

お人好しとチャッカリ屋

Sally Brown
&
Charlie Brown

謎　Sally Brown & Charlie Brown

神秘とは　いまここに
存在する何かがある　ということ
謎ならば　それが
何ゆえにか　ということ

「世界の歴史を読んでるの
　こんなにたくさんのひとが
　地球に住んでいたなんて──
　みんなかわいそう」

驚くべきは
地球史上
何人が生まれ
何をしたのかということ

さらに驚くのは
すべてひとは死んだこと
かわいそうなんだね
やはり

"I've been reading a history of the world. I never realized so
many people have lived on the earth.. I feel sorry for them.
What fun was it without having me around?"　　1980.7.17

世界は夢　　*Charlie Brown & Sally Brown*

眼が見るもの
耳が聴くもの
脳が認識するもの
心が感じるもの

「それは映画だよ」
「出ているのはほんとうの人間よ」
「終わったら〝終〟と出ただろう」
「私たちまだここにいるのよ」

仮想世界も
現実世界も
脳内体験の
世界のうち

生きているから
終わってはいない――
この世界は
夢かもしれない

"Rats! My team lost again.."
"That wasn't a real game.. that was a movie.."
"How could it be a movie? Those were real people.."
"When it was over, did it say, 'The end'?"
"We're still here aren't we?"　　　　　1998.8.6

適応準備　Sally Brown & Charlie Brown

学校とは？
教室とは？
学習とは？
教育とは？

「来週から学校よ　九九のテストして」
「いいよ　5かける8は？」
「関係ないでしょ？」
「準備できてるようだね」

レディネスとは
学習への適応準備性
しかし　きみには
わが身の防御性

人生の終わりまで
それでうまく切り抜けて
いけるのだろうか？
いけるね　サリー　きっと

"School starts next week.. I need you to test me on my multiplication tables…"
"Okay, how much is five times eight?"
"Who cares?"
"I think you're ready"　　　　　　　　1993.9.1

Pen pal　Sally Brown & Charlie Brown

ペンフレンドは
心のオアシス
遠くへと寄せる
思いのいろいろ

「〝愛するペンフレンド様〟とか
　どうして書かないの？」
「忠告はそれだけ？」
「写真は送らないこと」

エミリー・ディキンソンが
書いている――
手紙は不滅　それは
肉体を伴わない心だから

ポートレートはＮＧ
送れるのは
自己の霊性
そして永遠

"If your pen pal is a girl, why don't you say, 'Dearest pen pal'
or 'Darling person'? And then sign it 'Affectionately yours'"
"Any other advice?"
"Don't send a picture"　　　　　　　　　　1998.8.13

眺望　　Sally Brown & Charlie Brown

山は神が降下し領する所
信仰の対象ともされ
頂上を極めれば
神の視点を獲りうると？

「山についてのレポートです
　山は頂上に登って自分が
　いた所を見るためにあります
　細かいことを言い過ぎてると思う？」

山に登るそのわけは
永遠に謎だとしても
いまここが見える
かつてそこのように

里の暮らしを
見下ろしているのは
サリーと言う名の
自己信仰神だね

"This is my report on mountains… Mountains are so you can climb to the top and see where you've been. Do you think I went into too much detail?"
"No, I'm sure the teacher will appreciate your research"
"Six minutes is enough time to spend on any paper.." 1991.5.2

餌食　Sally Brown & Charlie Brown

夢見る映像は
実相から虚相へ
苦しみ悩むのは
妄想と願望ゆえに

「キャンプ行きたくない　落ち込んでる」
「彼女は取り返しのつかぬ別離によって
　　もたらされた深い悩みの餌食だった
　　　『ボヴァリー夫人』の一節だよ」

不倫と借金の末に自殺か
平凡な田舎の生活から
贅沢な都会の生活を
夢見て転げ落ちたエマ

いつもの日常
戸外での冒険
欲望に相談してみて
さて　どっちがいい？

"I'm depressed because I don't want to go to summer camp this
year.."
"'She was prey to the brooding brought on by irrevocable
partings' That's from *Madame Bovary*"
"I should give her a call.."　　　　　　　　　　1992.5.29

・心配　　Sally Brown & Charlie Brown

眠れぬという妹が
兄に助言を求めにやって来る
どんな言葉でも
いいんだな

「眠れないの　どうすればいい？」
「ただ横になって　心配するんだ
　これまで起こったすべて
　これから起こるすべてを」

心配とは
気を配ること
心づかいとも
人生そのものとも

一日の終わりに
内省へと沈みこむとき
配慮　関心　気遣い　心配
他に何が？

"I can't sleep, big brother.. What should I do?"
"Don't do anything.. Just lie there, and worry.. Worry about
everything that's ever happened and everything you think
might happen.."
"Then what?"

1996.5.7

問題　Sally Brown & Charlie Brown

困難な問題や課題が
社会には山積し
それらを解決するために
学問があるのでは

「イタリアはどこ？　ゆで卵できてる？
　リチャード50世の父は誰？
　答えてくれなきゃ学校に行けない」
「答を知るために学校に行くんだよ」

答とは問題を解いた
結果であるならば
社会は秩序に
満ちている？　いや

思考とは　むしろ
新たな問いの創出
日々を問い直し
生き継ぐことでは——

"Psst, Sally… Wake up! It's time for school.."
"School?! I can't go to school! I'm not ready!! I don't know
where Italy is! I can't spell 'cavalry'! Who was the father of
Richard the fiftieth? Is my boiled egg ready? Where's my
pocket computer? Where's my lunch money? I need answers!
How can I go to school if I don't know any of the answers?"
"You don't have to know the answers… That's why you go to
school…"　　　　　　　　　　　　　　　　　1974.9.8

自主　Sally Brown & Charlie Brown

教育改革で
望ましいのは
義務教育を超える
自主教育

「明日　学校でテストがあるの
　ここから質問してみて」
「世界一高い山は？」
「知ったこっちゃないでしょ」

世界で一番長い河も
シェイクスピアの生没年も
テストの準備ができてるのかも
知ったことじゃないと

大事なのは
サリー・ブラウン
いまここにある胸の
鼓動と躍動だね──

"We're having a test tomorrow in school... Ask me these
questions.."
"What's the tallest mountain in the world?" "Who cares?"
"What's the longest river in North America?" "Who cares?"
"You're either ready or you're not ready.. I don't know which.."
"Who cares?"　　　　　　　　　　　　　1988.1.13

自分の時間　　*Sally Brown & Charlie Brown*

睦まじく
絵になるのは
兄弟そろっての
テレビ観戦

「〝もう時間がない〟なんて信じられない
　私にはこの先　一生分の時間があるわ」
「彼に手紙書いて　そう言ってやるんだ」
「そんな時間ないわ」

ニュースキャスターの
生きている時間は
与えられた
番組の時間

サリー　きみが
生きている時間は？
日々　享受してゆく
自分の時間だね

"I can't believe it! He said, 'That's all the time we have left!
What's he talking about? I've got plenty of time! How can he
say, 'That's all the time we have left'? I've got my whole life
ahead of me!"
"Maybe you should wrote him a letter, and tell him how you feel.."
"I don't have time.."　　　　　　　　　　　　　　1999.3.9

53

宿題　Sally Brown & Charlie Brown

宿題とは
学校で学習したことの
復習または予習のため
家庭でやらせられる課題

「宿題の本　読んでくれない？
　読むのに必要な努力ってきらいなの」
「聞くのだって努力がいるよ」
「聞かないもん！」

宿題とはまた
解決が残されている問題
学んでいるね　サリー・ブラウン
学校以外の場で

知らずのうちに沸き起こった
人生の宿題
本を読むこと以外にも
あったさ

"I have to read this book for tomorrow. I don't suppose you'd
care to read it to me, would you?"
"You know how to read... Why don't you read it yourself?"
"Reading takes effort.. I hate to do anything that effort,"
"Listening takes effort, too, you know..."
"I wasn't going to listen!"　　　　　　　　　　1983.12.11

ロマンティック　　Charlie Brown & Sally Brown

悲愴なメロディーが
心地良く響き
悲劇はひとを
なぜ感動させる？

「あの作曲家の人生は悲劇的だったんだね」
「でもロマンティックだわ」「えっ？」
「悲劇的な人生はロマンティックなのよ
　　それが他人の人生ならば」

死　破滅　敗北　苦悩
悲劇はいま
ここにはあらずして
すべてはそれらは他人事

不条理への反抗
不幸からの跳躍
音楽の創造とはみな
逆説の証明だったのかも

"That composer had a tragic life, didn't he?"
"But it was romantic"
"Romantic?"
"A tragic life is romantic when it happens to somebody else.."
1988.6.28

夏の終わり　Sally Brown & Charlie Brown

万物流転
いまここにあるもの
すべて流れ転じて
戻ってくることはない

「ほら　お兄ちゃん
　貝殻に耳をつけて
　海の音　聴いてみて」
「あきらめろ　夏は終わった」

今年の夏は今年かぎり
知ってた？
いまある鼓動も
いまかぎり

あきらめようよ
焦がれたことも
パンタレイ
生きたことも

"Here, Big Brother.. Put this shell up to your ear, and listen to
the ocean…"
"'Forget it, kid.. Summer's Over!'"　　　　　　1988. 9.10

独唱　Sally Brown & Charlie Brown

人間形成に必要な
自我の確立は
自己の思念と信念が
後押しするもの

「自分の哲学を述べる宿題なの
　〝関係ないでしょ〟と
　〝ほっといて〟は書いた」
「〝どうしてこの私が？〟はどう」

フィロソフィーとは
知を愛すること
独断的保身術とは無縁
と思うが　しかし

サリー　きみの自我は
人間存在へと向かい
響き渡らせるのだね
未到の界へと独断の独唱を

"We have to write a short piece for school that expresses our
personal philosophy... So far I've written 'Who cares?' and
'Forget it!'"
"How about 'Why me?'"
"That's good.. I'll fit it in"　　　　　　　　　　1988.5.27

兄と妹　　Sally Brown & Charlie Brown

兄と妹
永遠に変わらぬ
その継続的原理を
生きる日々

「お兄ちゃんを起こす時間だわ
　寝坊しないように
　起こせって言われたの
　〝現実世界にようこそ〟」

眠りの世界は
別世界か
永遠に眠れば
世界はどう変容する？

繰り返し
繰り返す
現実へと生還しつづける
人類の夢の群れ

"It's time to wake up my big brother.. He told me not to let him oversleep.. It's hard to know just how to wake up somebody. I never know quite how to say it... WELCOME TO THE REAL WORLD!"　　　　　　1995.1.7

人参　　Sally Brown & Charlie Brown

この世に存在する
すべてのもの
それぞれ　固有の意義を
保有しているはず

「ただ食べられるためにのみ
　存在しているとしたら　どう思う？」
「そんなのいやだね」
「ニンジンに生まれなくてよかった」

人参には生きる目的が
あるのかないのか？
しかしながら　生育する
志向的意志は単純明快

自己を犠牲にして
他者のためにある──
真似できないな
真似する気持ちもないくせに

“How would you like it if you were put here on earth just to be
eaten?”
“I guess I wouldn't like it…”
“Makes me glad I wasn't born a carrot”　　　　1990.6.19

ポスト症候　　Sally Brown & Charlie Brown

クリスマスソングは
名曲ぞろい
クリスチャンでなくとも
心に響く──

「話しかけないで　クリスマス後症候なの」
「きみがくれたプレゼントのお礼を
　言いたかったんだ　ありがとう」
「どうしてやさしいこと言っちゃうのよ」

祭りのあとの寂しさは
言い表しえないね　サリー
陽があれば陰がある
この世の摂理

思いやりの方向もまた
つねにずれているもの
双方向に交流するって
まれなことさ

"Don't talk to me.. I'm having my post-Christmas letdown"
"I just wanted to thank you again for the wonderful present
you gave me.. It was just what I wanted…"
"Rats! Why did you always have to say something nice?"
1987.12.28

どこ？　　Sally Brown & Charlie Brown

時間と空間を生きるなら
命あるものすべて
よどむことなく流れゆく
その果て知らずとも

「一生同じところにいる人もいるけど
　一生ここにいると思ったら大間違いよ」
「ここにいたくないの？」
「ここって　どこ？」

つねに去りゆく現在
つねに移りゆく場
さて　いまこことは
いつどこであったか？

つねに今あるところの
自己を超え出ているならば
私たちはどこで
生きているのか？

"Some people stay in the same place all the lives. Not me..
When I grow up, I'm gonna move on! You're not gonna catch
me living here for the rest of my life.."
"You don't like it here?"
"Where are we?"　　　　　　　　　　　　　　1986.11.13

哲理　Sally Brown & Charlie Brown

もの思う営みは
いつどこでも
だれとでも
どのようにも

「なぜここにいるのか？
　というテーマの宿題なんだけど」
「わかりっこないだろ」
「よかった　思ったより簡単だった」

どこかでだれかの考えを
読み聞きしたことが
あったであろうか
それとも学校で？

もの思う営みは
ところで
なぜ？
知るもんか

"I have to write a report on why we're here.."
"Who knows?"
"Good.. That was easier than I thought.."　　　　1989.5.4

発信　Sally Brown & Charlie Brown

教師は学習推進者
生徒が学習の主体
≪見せてお話≫の授業で
一番楽してるのは誰？

「例の課題があるの　この葉で何を喋れる？」
「落ち始めると物悲しいってことは？」
「葉が一枚落ちただけでどうして
　私が悲しまなきゃならないの？」

苦心するのはむろん生徒
でも　話題は何でもＯＫ
お得意の話ができるんじゃなかった？
サリー・ブラウン

固定観念を打ち破る
発想はお手のもの
とことん　披露して
話しまくっておくれ

> "I'm going to take this leaf to school for 'Show and tell'.. What do you think I should say about it?"
> "You could talk about how we all feel sort of sad when the leaves begin to fall…"
> "I should feel sad because a leaf fell?"　　　　　1991.10.15

詩集　Sally Brown & Charlie Brown

詩は　心の滋養
暮らしのオアシス
さて　あと
何だっけ？

「それ何？」
「詩集さ　クラスの子にあげるんだ
　きみも詩集もらったりしたくない？」
「商品券のほうがいいわ」

ひとそれぞれとはいえ
商品券より詩集
というケースは
ないんだろうか？

あるな　しばしば
送り送られているさ
このこんな
詩集のいろいろ

"What's this?"
"A book of poetry.. I'm giving it to a girl in my class.. Wouldn't you like to have someone who loves you give you a book of poetry?"
"I'd rather have a twenty-dollar gift certificate.."　1994.12.14

嗜好　　Sally Brown & Charlie Brown

客観的対象をみつめる
先験的主観
では　好き嫌いは
どんな理由で起こる？

「なぜ嫌いか訊くのはいいけど
　なぜ好きかと訊いちゃいけないわ」
「どうして？」
「そのほうが難問だから」

なぜ「石垣りん論」を
書いたかって
何度も訊かれたさ
好きだからだけどね

でも　訊きたいね
どうして
パティとマーシー
きみを好きなのか？

"I think Peppermint Patty and Marcie like me, but I don't
know why.. I wish I could ask them…"
"It's all right to ask somebody why they hate you, but you
should never ask somebody they like you.."
"Why is that?"
"It's a harder question"　　　　　　　　　　　　1988.9.30

詭弁　Sally Brown & Charlie Brown

生きてゆくうえで
学ぶべきは
言語とその
コミュニケーショントゥール

「Deer」「Dear だよ」
「鹿は　美しい動物で世界中の…」
「ごめん　鹿について書くとは思わなかった」
「謝って当然　知らずに批判するから問題が……」

あったな　小学校での
基礎的な学習
日本では漢字
アメリカでは綴り

詭弁はサリーの独学だね
兄が去ったなら
書き記すのは
Dear Grandma,　だけど

"Deer" "That should be 'Dear'"
"Deer are beautiful animals found in most parts of the world"
"I'm sorry... I didn't realize you were writing about deer... I apologize..."
"Well, I should hope so! It seems to me that a lot of the problems in this world are caused by people before they know what they're talking about! Dear Grandma,"　1978 Sunday

隠遁　　Sally Brown & Charlie Brown

すべての事象に
すべての生命
ありとあらゆるすべてに
終わりがある

「今の電話　お兄ちゃんにだった
　　隠遁生活を送っているので
　　個人的な電話には出ないって言ってやった
　　外の世界の一部になるのは好まないって」

隠遁とは
内に籠ること
思い通りの世界を創り
独りだけの世界

しかし　他者は
いずれやってくる
きみを求めて
こうして……

"That phone call was for you.. I told them you don't take
personal calls.. I told them you lead a secluded life, and prefer
not to be part of the outside world.. I volunteered to be the
one in our family to take all the phone calls.."
"I'd say something, but I am out of this world.."　　1999.12.31

教育幻想　　Charlie Brown & Sally Brown

教育とは　人間に
他から意図をもって働きかけ
望ましい姿に変化させ
価値を実現する活動

「どうしてこんなに早く学用品
　　買うのか知りたいって」
「教育されたいという幻想を
　　与えるためって言うのよ」

いまお金があるからでは
ないんだね
学びを受けるのも
学びを与えるのも

あとであわてたくないからでも
学びたくてうずうずしているからでも──
すると　そもそも
教育自体が幻想？

"Yes, sir.. You want to know why we're buying our school
supplies so early?"
"Tell him we're trying to create the illusion that we're anxious
to become educated.."
"We just like to be prepared"
"My answer was better"

真珠貝   Sally Brown & Charlie Brown

熟成されるのは
真珠ばかりでなく
自らの独創的なアイデア
生きる知恵

「〝私のせいにしないで〟が私の新しい哲学」
「〝関係ないでしょ〟かと思ってたけど」
「〝関係ないでしょ〟〝私のせいにしないで〟」
「〝知るもんか〟」「それも」

とはいえ　サリー
そのスタンスはむしろ
哲学を排除する
自己愛のような……しかし

煌めく宝石が生成されるまで
そうやって自分の殻に
閉じこもるんだね
真珠貝のように

"'Don't blame me!' That's my new philosophy…"
"I thought your new philosophy was 'Who cares?'"
"'Who cares? Don't blame me!'"
"What do I know?"
"I like that! 'What do I know? Who cares? Don't blame me!'"
1988.2.20

夢のまつり　　Sally Brown & Charlie Brown

まれなこと
恋の成就
よくあること
失意と落胆

「どこ行ってたの？」
「外でしょんぼりしてた
　だれもぼくを愛してくれないから」
「お兄ちゃんの犬は？」

探せばいるものさ
きみを愛してくれる存在
それに　どうした？
パティとマーシーは

気づくことはないとでも？
寄り添うことも──
意中の子がいるかぎり
虚しい夢のまつりだね

"Where have you been?"
"Oh, just outside sort of moping around because nobody loves me"
"What about your dog?"　　　　　　　　1991.3.6

箴言　　Charlie Brown & Sally Brown

好きな格言を挙げよ
という宿題あったな
作者の考えやその事例
好む理由も添えて

「かたよった人間は成功の小山を
　走るのが最も速い」
「モーゼの言いそうなことね」
「フランク・ムーア・コルビーの言葉さ」

そう言えばいたな
うまく駆け上がる者
功利主義的現代社会における
個人主義的自愛のもとに

名言は名言
古代イスラエルの偉人であろうと
近代のエッセイストであろうと
箴言には無名がふさわしいが

> "'A lopsided man runs fastest along the little side-hills of
> success'"
> "Who said that, Moses?"
> "No, a man named Frank Moore Colby…"
> "It sounds like something Moses would have said…"
> 1978 Sunday

ラスト・ゲーム　　Charlie Brown & Sally Brown

季節が巡るように
物事すべてに終焉がくる
負け続けた
野球シーズンもまた

「今シーズン最後の試合に負けちゃった」
「それがどうしたの？」
「世界がつづくかぎりどうってことない
　　けれどぼくには我慢できない！」

エミリー・ディキンソンは記した
苦しみと哀しみの表情には
嘘偽りがないと——
幼い手で隠しているのはその顔

でも　幸福とは
勝つことにまして
チャレンジできること
これって　慰め？

"It was the last game of the season, and we lost!"
"So what does that mean?"
"Well, in the long run, and as far as the rest of the world goes,
it doesn't mean a thing.. But I can't stand it!"　　1987.9.25

不安　　Sally Brown & Charlie Brown

世界はつねに
変容するものとしてある
意志と表象の
グランド・スペクタクル

「言われた通り　すべてを心配したわ
　　お兄ちゃんのことまで
　　お兄ちゃんは結局　何者にもなれず……」
「さて　横になって心配しよう」

不安も実存するに
必要な心のありよう
いまとは異なる存在に
なろうとする志向

心配が不安に？
いいんだよ
オセロゲームのように
ひっくり返るさ　そのうち

"I did what you said, big brother.. I've been worrying about
everything. I even worried about you.. I worried that you'll
never amount to anything, and you'll marry the wrong girl and
all your kids will be stupid.."
"Well, I think I'm starting to get a little sleepy.. I guess I'll just
lie here and worry.."　　　　　　　　　　　　　　　1996.5.8

傍観　　Sally Brown & Charlie Brown

苦悩するために
生まれてきたはずはないのだが
喜びが彼方にあって
手が届かないのはなぜ？

「何　観てるの？」
「ダンスの番組だよ
　　楽しんでいる人たちを見るのが好きなんだ
　　ぼくもいつだって楽しみたいと思って」

社交と舞踏会の華やかさとは
まったく無縁
愉しみとは　なんと
愉しんでいるひとたちを見ていること

世界一孤高の傍観者
チャーリー・ブラウン
確固としてここにあるね
断念と諦観

> "What are you watching?"
> "I like to watch people having a good time.. I've always wanted
> to have a good time.."
> 　　　　　　　　　　　　　　　　　　　　　1991.11.19

謎もうひとつ　　Charlie Brown & Sally Brown

手紙とは
魂の彷徨と交流による
思いの交歓
心の触れ合い

「どうしてマーシーから手紙きたのかなあ？」
「お兄ちゃんが好きだからだよ」
「ボクを？　どうしてぼくが好きなの？」
「それは謎ね」

優等生のマーシーでも
教室を離れると不安なんだ
キャンプはさみしいから
手紙でも書こうと……

手紙が来たのは
不思議ではない
大いなる謎は
好かれている根拠

"Look, I got a letter from Marcie… She's at camp, and she says
she's lonely… I wonder why she wrote to me…"
"She likes you, that's why!"
"Me? Why would she like me?"
"I'll admit that's a mystery, You and the Bermuda Triangle"
1983.7.12

新哲学　　Sally Brown & Charlie Brown

フィロソフィーとは
知を愛すること
生きることをも
また

「私の新しい哲学よ
　〝いったいどこでケリがつくの？〟」
「偉いね　よく考えているようだね」
「いったいどこでケリがつくの？」

巡る季節
日々　考えるとはいえ
なにゆえ必要？
新たな哲学

いつ終わるのだろうか？
このこんなことすべて
世界は私が見る界
自己が果てるときでしょう

> "Where will it all end?"
> "Where will what all end?"
> "That's my new philosophy.. 'Where will it all end?'"
> "I'm proud of you.. It sounds like you've been doing some real thinking.."
> "Where will it all end?"　　　　　1997.1.10

IV

すれ違う恋心

Peppermint Patty
&
Charlie Brown

愛　Peppermint Patty & Charlie Brown

晴れた日に
木の根元に寝転んで
尋ね尋ねられる内容は
おおむね字義通りではないこと

「愛について考えたこと　ある？」
「年がら年じゅうだよ　愛はすばらしいか
　愛は不変か　愛は世界を動かすか……」
「待って　もっと単純な質問なのよ」

尋ねられるということは
思いのうちを探られること
愛についてではなく
愛していますかということ

仕切り直しをしても
きみが思うのは
愛についての
やはり幾万もの悩みなんだね

"Do you ever think about love, Chuck?"
"Is music the food of love? Is love a many splendored thing? Is love
here to stay? Does love make the world go around? Is love a…"
"Wait a minute, Chuck! I asked you a simple question, and I
wanted a simple answer! I didn't expect a whole lecture! Let's
start over.. Do you ever think about love, Chuck?" "Love?"

Miss You   Peppermint Patty & Charlie Brown

ペパーミント・パティが
帰ってきたよ
チャーリー・ブラウン
キャンプから

「私がいなくて寂しかった？
　捨てられたとか　やつれたとか
　人生の意味を失ったとか」「……」
「言葉にするのも難しいのね」

考える暇もなく
押し寄せる問い
答が出るまでは
熟慮が必要なんだけど

やっと喉まで何か
出てきたのに
結論は相棒から
下される

"Hi, Chuck.. I just got home from camp, and thought I'd run
over to see if you missed me…"
"If I what?"
"Missed me! You know, felt abandoned.. Pined away the hours
.. Life lost its meaning.. that sort of thing…" "Well…"
"Hard to put into words, huh, Chuck?"   1991.7.15

対話　Peppermint Patty & Charlie Brown

知識を持っている者が
誇りうるテストと
思いが交流する電話
どちらを選ぶ？

「明日のテストに落第したら
　あなたとの長電話のせいよ」
「かけてくるのはいつもきみじゃないか」
「出なきゃいいのよ」

吐息もきこえる秘密機器
だれからとも知れぬ
出ないわけにはいかないさ
赤毛の女の子かもしれないし

知ってるかい？
チャーリー・ブラウン
学校のテストより大事な
友の存在

"If I fail that test tomorrow, it'll be your fault, Chuck, because
we talked on the phone too much.."
"You're the one who keeps calling me!"
"You shouldn't answer the phone, Chuck.."　　　1989.5.25

すれ違う風　　Peppermint Patty & Charlie Brown

木陰に座り込んで
春の風を身に浴びる
それ以上の至福はありそうもない
晴れた日の朝

「チャックは女の子の感情がわかっていない
　笑ったり泣いたりの　人生
　愛とか　お喋りとか　手に触れるとか
　野球だってあやしい」

そこまで思い詰めるわけは
ペパーミント・パティ
そんなダメなヤツに
恋しているってこと

きみがわかっていないのは
彼が一番わかっていないのは
きみの恋心だってこと
ちがった？

"Chuck just doesn't seem to understand a girl's emotion… In fact, Chuck doesn't seem to understand girls at all.. Chuck is hard to talk to because he doesn't understand life.. He doesn't understand laughing and crying.. He doesn't understand love, and silly talk, and touching hands, and things like that.. He plays a lot of baseball, but I doubt if he even understands baseball…"
1971

81

おおきな木の下で　　Peppermint Patty & Charlie Brown

大きな木の根元を枕に
ふたりして寝そべっているのに
吐息はそれぞれ
異なる方向へ

「満塁ホームランと赤毛の子との結婚
　　どっちを望む？」
「どうして両方できない？」
「現実の世界に生きてるからよ」

二兎を追う者は一兎をも得ず
さて　二兎を
追ったからであったのか？
チャーリー・ブラウン

日が暮れるね
子どものうちに　もう
終わりそうだね
人生

"You really liked that little red-haired girl, didn't you? Which
would you rather do, hit a home run with the bases loaded or
marry the little red-haired girl?"
"Why couldn't I do both?"
"We live in a real world, Chuck!"　　　　　　1978. 6. 2

May Queen　　Peppermint Patty & Charlie Brown

毎年恒例の
ミス・コンテスト
校長先生たち選考委員の
教育的魂胆と策略は何？

「選ばれると思ったけど
　居眠りしていて他の人が選ばれたの
　……どんな気持か聞いてよ」
「どんな気持？」「聞かないで！」

いいね
そのナルシシズム
居眠りしなかったら
選ばれたんだ

さらに
いいことは──
来年にまた
期待しているところ

"So the principal comes into our room, see.. I think they were
all set to choose me to be 'May Queen'… Then they saw me
sleeping at my desk. So they chose somebody else.. Ask me
how I feel, Chuck.."
"How do you feel Patty?"
"Don't ask!"　　　　　　　　　　　　　　　　1987. 4. 29

すり替え　　Peppermint Patty & Charlie Brown

失敗もあれば
成功もあるこの世界
友愛も気遣いも
あるけどね

「きょうのテストに落第したのは
　あなたと長電話したせいよ」
「ぼくのせいだって？」
「あまり自分を責めないで」

失敗は避けたいもの
自分のせいとは思わないこと
他人の　いや友人の
せいにする　あったな

落第して　そして
どうなった？
そこにいるね
きみのままで

"I knew it, Chuck! I failed the test today because instead of
studying, I was talking on the phone with you! It was your
fault Chuck"
"My fault?"
"Don't be too hard on yourself, Chuck.."　　　1989.5.26

クリティカル・エッセイ　Peppermint Patty & Charlie Brown

いろんな課外学習あったな
スキー教室　スケート教室
音楽鑑賞　演劇鑑賞
運動会　遠足　文化祭

「ヤングコンサート　とてもよかったけど
　500語の作文書くことになったの
　そういう教育ってあるのね
　私たちが楽しめないようにする……」

さて　意に反する
学習とは何だったか？
愉しめるイベントを
愉しめないものにする？

きみの発想はすでに
作文を導いているさ
学校教育批判の
クリティカル・エッセイ

> "It was a 'Young people's concert' Chuck… You know, get the
> kids acquainted with good music… Anyway, at first I didn't
> even want to go, but after I heard the music, I thought it was
> great… So now what happens? Now we have to write a five-
> hundred word theme on the concert. But I guess that's what
> education is for, huh, Chuck? To keep us from enjoying
> ourselves."

放・心　　Peppermint Patty & Charlie Brown

日常の時間のなかに
ボーッと心を放る
夢中と放心は
同じ根の異なる花

「きのう学校に行ったら
　　もう夏休みだったの
　　勉強に夢中で気づかなかったのね」
「ボーッとしてただけじゃないのかい？」

ほかを忘れ執心する
些事をのけ夢中になる
とはいえ　ボーッと
生きていて悪いとでも？

日々の邪念を放れば
湧き出でるかもしれない
思わぬ世界
思わぬ喜び

"It was embarrassing, Chuck.. I went to school yesterday, and didn't know it was out for the summer... I guess I was concentrating so hard on my studies I just didn't notice.."
"Or maybe you weren't paying any attention at all"
"Nice talking to you, Chuck.." 　　　　　　　　1987.6.17

彼方へ　　Peppermint Patty, Charlie Brown & Sally Brown

夏の終わり
日も暮れて
亡霊のように
熱情だけがさまよって

「なんだか寂しくて……
　お宅のポーチのブランコに腰かけて
　お話できないかなって思ったの」
「うちにはブランコもポーチもないよ」

恋は遥か遠い彼方へ
ポーチのブランコは
なくともよかったのだ
チャーリー・ブラウン

消えてゆくのさ
戻っては来ぬ
青春の一頁が
薄暗闇のなかに

"I'm feeling sort of lonely, Chuck.. I thought maybe we could
sit here in your porch swing, and talk.."
"We don't have a porch swing.. We don't even have a porch.."
"Sorry, Chuck.. I needed comfort, and you weren't there.."
"In the old days, people had porch swings.."
"I never know what you're talking about.."　　　1996.8.27

ワルツ   *Charlie Brown, Peppermint Patty & Sally Brown*

学校には愉しみ
という餌もあるのさ
魅惑のショー
ダンスパーティー

「ダンスに誘ってくれたんだってね」
「ダンスは昨夜だったよ　来年どう？」
「来年きっとだよ
　ワルツ　取っておいてね」

ラストワルツってあったな
恋に落ちたふたりが踊る
最後のワルツが永遠に
つづくように祈る……

ネクストワルツっていう
言い訳か　チャック
来年もまた　同じように
更新される？

> "Patty? This is Charlie Brown.. I hear you wanted to invite me
> to a school dance.."
> "The dance was last night, Chuck.. Maybe next year, huh?"
> "Next year for sure.. save me the waltz"
> "'Save me the waltz'? You're pretty smooth, big brother.."
> "It's easy to be smooth when you're off the hook.."　1998.1.16

サヨナラホームラン　　Peppermint Patty & Charlie Brown

手番が来れば
すべてが反転——
ないのだろうか？
オセロゲームのように

「あなたには方向ってものがない
　　人生はイニングごとに計画しなきゃ」
「やってみたんだ　でも
　　まだ相手チームが攻撃中なんだ」

未踏の場であるなら
不可知論の顕現こそが潜在する
ありとあらゆる
可能性の未来

反転する
世界の可能性
夢の逆転満塁
サヨナラホームランか？

"Hey, Chuck, do you ever think about college?"
"Well, not really.."
"There's your problem.. Your life doesn't have any direction.. A
life should be planned like inning by inning.."
"I tried that.. The visitors are still at bat.."　　　　1999.5.20

89

幕切れ　Peppermint Patty, Marcie & Charlie Brown

好きとか
惚れるとかは
何という
ひとの属性？

「さあ　決めてよ　チャック
　マーシーと私　どっちが好きか？」
「もし同点なら
　時間切れになる？」

タイムアウト
ノーサイド
永遠に決着のつかぬ
この試合

でもチャック
物怖じすることもないのでは
いつかすべては
幕切れに

"Well, Chuck, have you decided? Who do you like best,
Marcie or me?"
"If it's a tie, do we go into overtime?"　　　　1991.1.2

V

居眠り女王の国

Peppermint Patty
(& Franklin)

夢の世界　Peppermint Patty

ぐっすり眠りに落ちているときほど
心地良い時間はあったろうか
幾多の夢のなかで幾多のバトルがあり
葛藤も苦闘も　歓喜も快楽も

「すみません　居眠りしてました
　夢を見て夢のなかでは起きていましたが
　起きている夢のなかで眠って先生の声がして
　それから……　質問は何だったんですか？」

居眠りし　夢をみて
その夢のなかでも居眠りし
教師の声で目が覚めたのは
いつの夢あたり？

夢が重層的に重なって
ひとつ夢をほどいてもまた夢
この世界はそもそも
夢かもしれない

"Sorry, ma'am, I was asleep.. And I dreamed I was sleeping, but
in the dream where I was sleeping, I dreamed I was awake…
Then in the dream where I was awake, I fell asleep, and in the
dream where I was sleeping I heard your voice and woke up.
Anyway, I think that's how it was.. Did you ask me a question?
Please don't cry, ma'am.."
                                                            1989.5.1

答　　Peppermint Patty

答があるのは
問いがあったから
しかし　問いがあっても
答があるとはかぎらない

「答は〝全世界〟です
　ちがいます？　すみません
　答は全世界のなかにある
　と思ったのです」

答へとつながる問いは
かるーくいなせる
この世界のどこかに
あるはずだからね

答のない問いもあるはず
ペパーミント・パティ
きみの人生の道程が
そうであるように

"I know, ma'am! I know! The answer is, 'the whole world' It
isn't? Sorry, ma'am. I thought for sure the answer would be in
there some place."　　　　　　　　　　　　　1981.10.26

If   Peppermint Patty

統語論・形態論
意味論・音韻論
文法の学習とはいえ
元気に登校が何より一番

「〝事実に反する条件を示す If 節を用いる
　仮定法の例文をひとつ挙げよ〟
　（ぶっ飛ぶ！）すみません　先生
　シートベルトを締め忘れました」

話者の心的態度を示す
動詞の語形変化として
３つの法（Mood）がある
直説法　命令法　仮定法

文法無知とはいえ
なすべきことは
身体ごと世界に没入し
夢見る仮定法を生きること？

"'Show an example of the subjunctive in 'If' clauses for
conditions contrary to fact'......Sorry, ma'am, I forgot to fasten
my seat belt.."
                                                          1992.10.13

反問　Peppermint Patty

知っているのかい
自らはその大事？
机にひれ伏し眠る
それ以外

「先生　私にもチャンスを！
　何か私が知っていそうなこと
　訊いてみてください
　考えて　先生　考えて！」

とはいえ
自らの薄識を
背筋を伸ばし問いかける
天下一品の発想転換

教師に思い浮かばなくとも
きみなら知っているね
いまここに存在する
自己の確立

"Gimme a break, Ma'am.. Ask me something I might know…
Think, Ma'am! Think!"　　　　　　　　　1987.5.20

保証　　Peppermint Patty

待ち遠しいのは夏休み
学校から解放されて
山に　海に
自らの楽園に

「はい　先生　学校は
　あとわずか二週間
　精一杯勉強することを約束します
　保証期間は限られていますけど」

宣誓　決意　密約　抱負
志に期限があるように
罪に時効があるように
物事すべてに限りがやって来る

心臓の鼓動
求愛のホルモンにも
そもそも
天体の廻転にも？

"Yes, Ma'am.. Only two more weeks of school… But I promise
that I'm going to be studying as hard as I can.. This offer is good
for a limited time only.."　　　　　　　　　　　　　1989.5.30

感想文　　Peppermint Patty

いま目の前にある
学校の宿題
終わさねばならぬ
宿命的な課題

「読書感想文もってきませんでした
　長すぎて読めなかったんです
　ほかのものじゃいけませんか？
　パンフレットの感想文とか」

そのアイデアこそ
オンリーワン
イグノーベル賞も
やがて参上？

それで――
書けたのかい？
パンフの感想文
やはり短めに？

"No, Ma'am, I don't have a book report.. Well, I just couldn't read the book.. It was too long… Could I do something else? How about a pamphlet report?"　　1988.2.17

レポート Peppermint Patty

きょうも元気で登校かい
ペパーミント・パティ
スポーツとお喋り　それに
睡眠学習ならお手のものさ

「風は登校途中に髪を吹き散らします
　学校に着いても櫛はありません
　風はレポートのネタになりますが
　読んでいるものが見えません」

問題意識を広く持ち
深く研究しての報告
あったな　レポート
教壇の前で発表する——

とはいえ　心にはない
社会事象　問題　課題
いや　あるのは
独創的発見？

> "This is my report of the wind.. Wind blows your hair around when you're walking to school, and after you get there, you don't have a comb.. It also gives you something to write about when you don't think of anything else, and you can't see what you're reading…" 1990.2.28

異端　Peppermint Patty

異端分子の生徒には
いや　だれにしても
さて　教室とは
何であったか？

「起きてます！
　準備してない　だらしがない
　落ち着きがない　はっきりしない
　でも　起きています」

お客さまに来てもらうだけで
ありがたいと思う
学校とはそういうもの
ではなかったか？

準備万端　容姿端麗
意志堅固　沈思黙考
そんなもの
あるかい　パティ？

"I'm awake! Unprepared, unorganized, unsettled, uncertain,
unsure, but awake!"　　　　　　　　　　　　1991.3.25

許可　Peppermint Patty

教室は魔法の小箱
何が出ても驚かない
興味関心の赴くまま
心はどこへでも飛んで行けるさ

「許可お願いします　先生
　何をする許可ですかって？
　別に何も……
　ただ許可がほしいだけなんです」

許可とは？
願いを聞きとどけること
すると　すべての行為に
許しを得ようと？

何をしようと
ペパーミント・パティ
人間に最も不可欠なこと
睡眠のほかに何かあった？

"Request permission, ma'am.. To do what? Nothing special.. I just like to request permission.."

歴史　　Peppermint Patty

人類の過去における
変遷・興亡の記録
物事の現在に至る来歴
歴史と伝統

「〝そして王は人民を愛し
　人民も王を愛し　人々は互いに愛し
　だれもがなんとか幸福だった〟
　真実のまわりを忍び足で歩いています」

人間の歴史とは何かって？
権力や服従による
征服と開拓と争いと……
記されない涙

胡散臭いのは
記述されて
作られた歴史
真実もどきだってさ

"'And the king loved the people, and the people kind of loved the king.. And they all pretty much loved one another and everyone was sort of happy..' Just tiptoeing around the truth, ma'am.."

無知　Peppermint Patty

教室の机に向かって
学ぶのはきっと
授かりえぬ真理
聴いていないわけだから――

「先生　発見です
　勉強するほど無知がわかるんです
　これは次の結論を導きます
　あす私は来ないかもしれません」

ソクラテスに並んだね
ペパーミント・パティ
教えられては得られぬ
認識論的自己反省

無知の自覚は
意識的には行いえぬ
学校知とは異なる
真の知にいたる出発点？

> "I've discovered something, ma'am.. The more I study, the
> more I realize how little I know… Which has forced me to
> come to a conclusion… I may not show up tomorrow"
>
> 1980.5.21

嫉妬 Peppermint Patty & Snoopy

愛する人の愛情が
他に向くのを見るのはつらい
自分が卑小に見え
無意味な存在に思えてきて

「やきもちが私の理性を打ち負かした
　抜け出してキャンプ行きのバスに乗るわ
　チャックとマーシーばかり
　楽しんでいるのは許せない！」

自業自得　自己疑惑
自暴自棄　自縄自縛
嫉妬もまた　パティ
生きている証

いつか甘い思い出となって
やってくることもあるさ
沸点に達したこと
熱く生きていたこと

"My jealousy has overcome my reason.. I'm going to sneak
away, and take a bus to camp! I refuse to let Chuck and Marcie
have all the fun…"
"Strange girl.. Could very well be a spy… Perhaps I should get
word to General Pershing…"　　　　　　　　　　1989.6.16

戦争と平和　Peppermint Patty & Franklin

夏休みの読書感想文
アウトドア向きの子にはやっかいな宿題
とはいえ　奇想天外な見解も
そういう子から

「宿題の〝戦争と平和〟だけど　フランクリン
　　お互い　分担して読むことにしない？
　　あなたは〝戦争〟　マーシーは〝平和〟」
「キミは何を読むの？」「〝と〟」

〝と〟は　等位接続詞で
語や句を対等に結んだり
あるいは付随や合体
反復や連続などを示しうる

〝と〟に込められた意味は
多様かつ深遠で難解
戦争と平和の複合的な繋がりを
パティ　きみは解き明かそうと？

"Hi, Franklin! About this 'War and Peace' we're supposed to
read during vacation… Why don't we sort of cooperate? You
read 'War'… Marcie can read 'Peace'"
"What will you read?"
"'and'!"

1986.12.29

Dream   Peppermint Patty & Franklin

夢があるか
と問いかける
内省はあるかとも
苦悶はあるが——

「マーティン・ルーサー・キングは
　言ったわ　〝私には夢がある〟って」
「その言葉の前ではこうして
　ただ座ってはいられないね」

人種差別の撤廃と
各人種の協和を図り
社会悪と戦うに
非暴力主義

夢は何のために？
いまここにはないもののため
過去にこだわることなく
今日を生きなきゃ

"Martin Luther King said, 'I have a dream' "
"Before that, we wouldn't be sitting here.."   1993.1.18

勤勉　Peppermint Patty & Franklin

勤労感謝の祝日が
あろうとなかろうと
労働の価値は
自らが知る

「箴言の6章にこうあるよ
　〝怠け者よ　蟻のところへ行き
　その行いを見て知恵を得よ〟」
「試みたわ　でも蟻も答を知らなかった」

働き者のことかい
ペパーミント・パティ
蟻だけではないらしい
蜜蜂や　燕たちも

居眠りのうちに
過ぎ去る世界
答は探し求める
心の片隅に

"In the six chapter of proverbs, it says 'Go to the ant, thou sluggard.. Consider her ways, and be wise'"
"I tried that.. The ant didn't know the answer, either.."

1991.9.11

中間席　　Marcie, Franklin & Peppermint Patty

教室は異空間でも
フランクリン　パティ　マーシー
何が起ころうと
この席順は不動

「左脳人間よ私　数字好きで分析的」
「ぼくは右脳人間かな
　音楽好きでわりと想像力もあって」
「無脳人間もいるわよね」

寝たふりして聞いている
ペパーミント・パティ
右か左か
中道か

中間席の姫の
得意技は居眠り術
この人生
眠って過ごそうと？

> "I think I'm a 'left-brain person'… I'm sort of analytical and I like numbers and symbols…"
> "I guess I'm a 'right-brain person'. I'm good at jigsaw puzzles, I like music and I think I have a pretty good imagination…"
> "And then, of course, we have the 'no-brain person'…" "I HEARD THAT!"　　　　　　1984.3.11

Flashback 2

Reminiscence　　*Franklin & Peppermint Patty*　*1972.2.28*

What used to be are
not here anymore?
If there are no memories,
life is bland.

"Without good memories,
  life can be pretty skungie…"
"I had three good memories once…
  But I forgot what they were!"

It's all right,
Franklin,
only to try to remember
what there were.

Take a look at clouds, birds,
winds, leaves and tears;
all they are flowing.
You've watched them?

　✳ The 2nd stanza from *Peanuts* by Charles Schulz.

回想

かつてあったことは
もうここにはないこと？
思い出がなければ
人生は味気ないもの

「かつて三つの素敵な
　思い出があったんだ……
　でも　どんな思い出か
　忘れてしまった」

いいんだよ
フランクリン
そうして思い出そうと
しているだけで

見てごらん
流れゆく
雲　鳥　風　葉　涙……
見てた？

VI

世界を漫談で満たせ

Peppermint Patty
&
Marcie

人生の大事　Peppermint Patty & Marcie

日々　平凡な暮らしを
過ごしているとはいえ
心に秘めるべき
人生の大事とは？

「居眠りしていたみたい
　何か大事なこと　聞きそこなった？」
「算数と歴史と綴り方」
「大事なことって言ったはずよ」

ほかにあるのだろうか？
大事な学習
それとも
学習より大事なこと

あるいは
あるのだろうか？
居眠りより
大事なこと

"I think I fell asleep, Marcie.. Did I miss anything?"
"You missed math, history and spelling"
"I mean, did I miss anything?"　　　　1987.10.23

草青む　　Peppermint Patty & Marcie

青い空高く
鳥が舞う春に
花と草
どちらを好む？

「私は人生の歩道の敷石の間から必死で
　伸び上がろうとしているみじめな雑草」
「すばらしい比喩ですね　先輩
　雑草には環境に順応する力があります」

薔薇や菫にはなれない
雑草とはいえ
この世を生き抜く
その生命力

華やかさより逞しさ
美しさよりしなやかさ
とりどりの眩しさで
進みゆくとは──

"I'm a poor ugly weed trying to push her way up through the
sidewalk of life!"
"That's a great metaphor, sir. Did you know that weeds have a
wide tolerance for environmental conditions and the rare
ability to exploit recently disturbed terrain?"　　　1980.1.6

春の風　Peppermint Patty & Marcie

野に山に
陽も雨も
蝶も虫も
花も鳥も

「チャックにピンクの便せん使って
　ラブレターだと思わせてやるの
　あなたがいなくてどんなに淋しいか」
「それ　すでにラブレターよ」

偽の思いも
真の思いも
思いに変わりは
ない

手紙をしたためる
それ自体がすでに恋
いいな
春の風

"I'm writing to Chuck to tell him how much we miss him, and
how much we think of him night and day… I'm going to fool
him.. I'm using pink stationery so he'll think it's a love letter.."
"It IS a love letter.." "It is?"　　　　　　1997.6.25

数　Marcie & Peppermint Patty

数について知る
重要事なら知っている
生きることの
大事にもまして

「9冊の本を本棚に並べる方法は
　何通り？　と訊いたら
　先輩の反応は？」
「ギャーッ！」

不安にも思ってはいまいが
数学恐怖症
それより怖いのは
人生恐怖症

では　何のために
生まれてきたのだろう
数量と空間を究める学問が
存在することを知るために？

"You know what I think you have, sir? You have 'Math anxiety'
If I asked you how many ways that nine books could be
arranged on a shelf, what would be your first reaction?"
"AAUGHH!"　　　　　　　　　　　　　　　　1979.2.21

希望　Peppermint Patty & Marcie

希望を抱かずに
何の人生？
高い理想　大空へと
昂まる気持ち

「今年は　クラスでいちばんきれいで
　いちばん頭のいい子になる」
「希望はよき朝食なれど悪しき夕食よ」
「大学ではルームメイトにならないからね」

希望とは
始まりの美学
不可能の 夢 もまた
インポッシブルドリーム
輝く光でありうる

終わりには？
夢の残骸が
水平線の彼方に
散らばっているのさ

> "School starts next week.. I hope I get better grades this year. I
> hope I'll be the prettiest girl in the whole class.."
> "Hope is a good breakfast, but it is a bad supper"
> "When we go to college, Marcie, I'm not going to room with
> you.."

決勝戦　Marcie & Peppermint Patty

恋はゲーム？
いや　恋とは病
脳裡から
離れていかない

「先輩はチャックが好きみたいね　私もそう
　　申し込まれたら結婚だってするわ」
「ちょっとついて来て　マーシー
　　（急患用入口で）〝重病患者がいます〟」

自分の恋心を
正当化するように
恋敵は相手を
急患にするものなのか

恋とはやはりゲーム
相手を負かすための――
できれば
ファイナルマッチでね

"You kind of like Chuck, don't you, sir? I love Chuck! I think
he's real neat! In fact, if he asked me, I'd even marry Chuck!"
"Come with me, Marcie.. Is this the emergency entrance,
ma'am? We're friends of Charles Brown.. I have another patient
for you.. I think she's sicker than he is!"　　　　1979 Sunday

席順　Peppermint Patty & Marcie

教室は仮想空間
日々　新たな感性で
未踏の磁場へと
夢想を投げうる

「どうしてここにいるのかってときどき思う」
「だれだってそう思うことありますよ
　　なぜこの地球に送り込まれたかと」
「いいえ　なぜ前の席に座っているのかと」

同じ発問は
夜を眠れぬチャックさえ
いや　実存する者は
つねに問いかける問い

きみのいまここは
教室空間だったんだね
後方の机の席は
優等生の席なのさ

> "Sometimes, Marcie, I wonder why I'm here…"
> "Everyone wonders about that at some time, sir.. We wonder
> why we were put here on this earth.."
> "No, I wonder why I'm in this desk instead of the one in the
> back of the room.."　　　　　　　　　　　　　　1992.5.1

えっ？　　Peppermint Patty & Marcie

教室は問いかけと
応答の学習空間
思考はどこまでも
拡がり飛んでゆく

「次にあてられるのは私よ
　早く　マーシー　答は何？」
「えっ？」
「はい先生　えっ？　です」

「えっ？」とは
意外なことに驚いて発する声
思わず不意に
口をついて出る間投詞

奇想天外な答
意想外の解答
しかしそれは　あらゆる
問いに応えうる答

"She's going to call on me next, Marcie.. Quick, what's the
answer?"
"Huh?"
"Yes, ma'am.. 'Huh!' Thanks, Marcie.." 　　　　1990.2.22

課外授業　　*Marcie & Peppermint Patty*

夏休みの講習会
あったな
希望した生徒たちが
誉められるんだ

「夏季読書会に申し込みました」
「神はあなたが図書館に座っているために
　太陽を創ったわけじゃないわ」
「想像以上に神学にくわしいのね」

天地創造——
いかなる理由があって
神はこのような世界を
お創りになったのか？

特別課外授業で
訊いてみなくちゃね
このさい　洗いざらい
すべての疑問の氷解のために

"I signed up for a summer reading program at the library…"
"God didn't make the sun for you to sit in the library, Marcie"
"You know more about theology than I thought, sir" 1990.6.6

諸刃の剣　Peppermint Patty & Marcie

一方では役に立ち
他方では害を与える
すると善も悪も
相対的概念

「それって諸刃の剣でありません？
　グラスは半分カラか半分いっぱいか
　一つが六つか半ダースが一つか
　いまあるものは公共のためにあるのか否か？」

二律背反　自家撞着
諸刃の剣　二項対立
矛盾し対立する
概念と理念

○が×へ
×が○へと反転する
そんなもんか
世界は？

"Yes, ma'am.. It's really a two-edged sword, isn't it? Is the glass
half full or half empty? Is it six of one or half a dozen of
another? Is this really for the greater public good?"
"I live for your answer, sir.."　　　　　　　1998.12.14

解答　*Peppermint Patty & Marcie*

元気で登校が一番
張り切ってるね
ペパーミント・パティ
きょうは居眠りせずに

「答　知っています
　　前世代から　また個人的経験から
　　気象条件　また図表から　また……」
「答は 6 ですよ」「そう　 6　です」

きみの思考回路では
総合的複合的連関的に
答が出ていたんだね
「 6 」と

思考力　分析力
判断力　構成力
それにユーモア力
もう 6 月　脱帽だね

> "I know the answer! I know the answer! The answer is as we
> know from previous generations, and personal experience, and
> climate conditions, and diagrams, and,,"
> "Six!"
> "Yes, the answer is six.."　　　　　　　　　　　　　1994.4.26

作家の愛　　Peppermint Patty & Marcie

面識がなくとも
他者に出会える
作品と評伝によって
メッセージに触れうる

「はい先生　チャールズ・ディケンズです」
「どうやって知っていましたか！」
「長いあいだ学校に通っていれば
　　遅かれ早かれ彼が出てくるものよ」

家は貧しく学校は４年間のみ
12歳で過酷な靴墨工場へ
下層階級の人々を描いた
英国ヴィクトリア朝作家の愛

〝今の幸せに眼を向け
過去の不幸を忘れよ〟
あたためていたんだね
彼への問いが出てくるまで

> "Yes, ma'am? Charles Dickens!"
> "Sir, how did you know that?"
> "If you go to school long enough, sooner or later the answer is
> going to be Charles Dickens.."　　　　　1994.11.23

曇天　　Peppermint Patty & Marcie

Fair is foul, and foul is fair
真偽法による解答は
真理を導き出すとはかぎらない
多数決の投票はむろん

「確信をもってわかっているのですが
　私たちは完璧な世界には生きていなくて……」
「いい説明のためのいいスタートでしたね」
「必要なのはいいフィニッシュだったんだけど」

Leave or Remain
不確定不透明の世界
○か×かは
神のみぞ知る

未完で不完全
反転も逆転もある
行く先はつねに
曇天の未来

"Yes, ma'am, I put down 'true' for all of the questions.. Well,
ma'am, I realize, as I'm sure you must also realize, that we do
not live in a perfect world.. So.."
"A good start for a good explanation, sir.."
"What I needed was a good finish.."　　　　　1998.11.17

謙虚　*Marcie*

ひとはみな相互に
依存する共存在
他者によって生かされて
自己の世界が回る

「救急法のクラスで習いました
　誰かの気持ちを傷つけた場合
　一番良い治療法は
　すぐに謝ることです」

生き延びるに必要なのは
自己の非を認める謙虚と
教えてくれたね
マーシー

難儀を解決するには
日々の鍛錬が必要
侵略とジェノサイド
ゴメンヨで済むとは思えないが

"In first-aid class I learned that if you have offended someone, the best treatment is to apologize immediately…"

123

苦難　Marcie & Peppermint Patty

ひとの一生とは
終末へと向かう一存在の過程
喜怒哀楽の連続と
延命への企投と祈禱

「どうして傘もささず学校へ
　雨のなか歩いて行くんですか？」
「苦しむのが好きなの
　苦しみはひとを成熟させるわ」

成熟とは　果実のように
時間をかけ充分に実ること
順風満帆とはいくまい
苦難の末に結実が

だからであろうか
わざわざ苦難を呼び込むのは
しかし　パティ
苦難もまた成熟が必要なのでは

"Why do you walk to school in the rain without an umbrella,
sir?"
"I like to suffer, Marcie.. Suffering helps you mature"
"And get wet.." "What?" "And get wet"
"I can't hear you, Marcie.. I'm too mature.."　　　1992.12.21

独演　Peppermint Patty & Marcie

学校知を超える
学びを学んでいる
シュルツ学校の
アクティヴ・ラーニング

「答は私たちの遺産であり文化であり
　将来にいささか貢献すべき方法です」
「すばらしかったですよ　先輩
　答は〝12〟でしたけど」

数理的設問への
人文学的解答は
ひとりきりの独演会
奇想天外の独壇場

受験者によって試され
覆される発問者の存在理由
いいな　そのスタンス
響きわたる自由の讃歌

"The answer is actually a part of our heritage, our
whole way of living… The answer is the way each of us
contribute a little something to our future!"
"That was very good, sir"
"Thank you, Marcie"
"Except the answer was 'Twelve'!"　　　1981.4.12, Sunday

125

釣り人   Peppermint Patty & Marcie

時間を忘れ
竿を垂らすという
釣り人にしか
わからぬ奥儀

「釣りにはあなたにわからない
　精神的側面もあるのよ　マーシー
　自然との一体と統合」
「雨のなかでも？」

自然との一体化とは
魚と対話し
自らが自然の一部と化す
マジカル・ショー

ひと対さかな
騙すのはひと
すると対話とは
策略的詐欺の術？

"There's a spiritual side to fishing that you don't understand,
Marcie.. There's a oneness with nature… A unity.. And what's
better than just being outdoors where.."　　　1996.8.16
"I wonder if there's anyone else stupid enough to be fishing in
the rain.."　　　　　　　　　　　　　　　　1996.8.17

恋愛　Marcie & Peppermint Patty

恋心の艶やかさや
甘やかさは
だれにもやっかいなもの
だろうか？

「チャールズに手紙を書いてるの
　私たちがいなくて淋しいかどうか？」
「深入りやめたら　マーシー
　失恋は一年の損というよ」

ホームを離れてみれば
恋しい対象が
見えてくる　せつなく
マーシーにもパティにも

恋愛は　一年の寿命を
かけるのであったか
では人生は
何年の寿命をかける？

"Who're you writing to, Marcie?" "I'm writing to Charles. I just kind of want to know if he misses us.." "Don't get too involved, Marcie… They say that every broken love takes a year off your life.." "I wonder if that's true.." "I don't know .. I just made it up!"　　　　　　　　　　　　　　　1987.7.21

流転　Peppermint Patty & Marcie

身に付きうる学習は
習得されるべき知識とともに
世界内存在としての自己の
意識に訪れる時間の流れ

「こうして話しているうちに世界は変化し
　こうして話しているうちに海は干満を繰り返し
　こうして話しているうちに……
　このフレーズ　好きだわ」

存在の本質は万物流転
時間の本質は永遠の動く影
理念とは移りゆく思念
こうして話しているうちに……

ペパーミント・パティ
教室の時間ではなく
きみはきみの時間を生きる
宇宙内存在だったんだね

"Yes, ma'am, even as we speak, the world is changing all
around us. Even as we speak, the tides are moving.. Yes, even as
we speak… I like that expression, Marcie.."
"You're weird, sir"　　　　　　　　　　　　　　1990.1.19

時間芸術　　Peppermint Patty & Marcie

耳を傾けているのだが
序奏と転調　主題と変奏
緩急に強弱　反復と回帰
挙句の果てに大団円

「この音楽　どうなってるの？
　きれいになりかけて　変わっちゃった
　どうして作曲家はこんなことをするの？」
「私たちが楽しみはしないかと心配したのよ」

音楽的創造は
自己の想念の生き写し
自己の熱情や煩悶
自己の歓喜や苦悩

音楽は時間芸術
一刻に定着しえない——
私たちの存在が移りゆく
時間存在であるように

"I don't understand this music.. Just as it starts to get beautiful,
it changes… Why does a composer do that?"
"He was afraid we might enjoy it"　　　　　　1989.6.3

奉仕　Peppermint Patty & Marcie

この社会に生きるには
自己実現を心がけながら
職業倫理を高め
国際親善の心を養うこと

「女性もロータリークラブに入れるんだって」
「そこで何するんですか？」
「ランチを食べて悪口を言い合うのよ」
「わたしたちにピッタリね」

200以上の国と地域に広がる
社会奉仕連合団体〝国際ロータリー〟
いや　組織とはみな
人間が創りあげた制度

それを生かすも殺すも
やはり人間
いいクラブを見つけたね
パティにマーシー

"Did you know that women can join the Rotary Club now?"
"What do they do at Rotary, sir?"
"I think they have lunch and insult each other.."
"We'd fit right in, wouldn't we, sir?"　　　1987.7.25

湖畔にて　　Peppermint Patty & Marcie

湖畔の橋に腰かけ
風に吹かれて思うのは
遥かなる故郷に暮らす
仲間たち

「話しかけないで　マーシー
　　チャックからの返事
　　あなたにはきたのに　私にはこないわ」
「湖に突き落としたいですか？　先輩」

心をこめて書いたのに
返事は親友のほうへ？
相棒もまた心をこめて
書いたのさ

今は雨嵐でも
やってくるさ
晴れの日の凪
手紙のように

"Don't talk to me, Marcie!"
"What did I do, sir?"
"You got a letter from Chuck, and I didn't! And I was the one who felt sorry for you when you were lonely!"
"Would you like to push me into the lake, sir?"　　1983.7.18

成熟　Marcie & Peppermint Patty

哀しみが流れ去るように
雨　雨　雨　雨　もっと降れ
と詠った歌い手も
いたが——

「どうして傘もささずに
　歩いて学校に行くんですか？」
「苦しむのが好きなの
　苦痛はひとを成熟させるわ」

成熟へと向かう人生
ではあろうとも
成熟を促すのは
労苦　難儀　悩み？

苦があれば
いまここにある
自己が肯定され
人生の意義が顕れるとでも？

"Why do you walk to school in the rain without an umbrella, sir?"
"I like to suffer, Marcie.. Suffering helps you mature"
"And get wet.." "What?" "And get wet" " I can't hear you, Marcie.. I'm too mature.."　　　　　　　　1992.10.21

逆数　Marcie & Peppermint Patty

あたりまえのことほど
むずかしいものはない
平凡こそ非凡
零点こそ百点？

「分数を割るには逆数を用いたのち
　掛けること」「どうして？」
「どうして逆数を使うかってこと？」
「いいえ　なぜ　私　生まれてきたの？」

学び舎にあればこそ
根本的な問いへと辿り着く
パティ　きみは算術を超え
人類の謎へと迫るが——

算術の解を導いてくれても
教えてくれる先生はいないのか
ひとはなぜ
生まれてきたのか？

"To divide factions, use the reciprocal and multiply"
"Why?"
"Why use the reciprocal?"
"No, why was I born?"　　　　　　　1986.9.22

失恋　　Marcie & Peppermint Patty

恋とはやはり
いつでも　だれにも
やっかいなもの
だろうか？

「うちに帰ったらまずチャールズに会う」
「気をつけて　失恋は５年の損よ」
「１年の損ってこの前おっしゃいましたが」
「あれからまた　だいぶ研究したのよ」

１年は５年
５年は10年と時は過ぎ
いつかは最後の
刻へとたどり着く

恋愛は　人生の寿命を
かけるのであったか
では　寿命は
何をかける？

"The first thing I'm gonna do when we get home is run over to
see Charles"
"Be careful, Marcie.. Every broken love takes five years off your
life!"
"Last time you said it was one year.."
"I've done some more research!"　　　　　1987.7.31

得意　　Marcie & Peppermint Patty

得意分野があっていいんだけど
ひとそれぞれに――
マーシーは学校の勉強
きみはスポーツ

「ベートーベンは　交響曲を捧げたのに
　かれが皇帝だと宣言したとき
　献呈を取り消したそうです」
「えらいわ　ナポレオンってだれ？」

ベートーベンを聴かずとも
ナポレオンを知らずとも
生きていける
この世界

人類の争いの歴史や
この詩を知らずとも
きみを知らずともね
ペパーミント・パティ

"It says here that when Beethoven wrote this symphony, he
dedicated it to Napoleon.. But when Napoleon proclaimed
himself emperor, Beethoven tore up the dedication."
"Good for him! Who was Napoleon?"　　　　1994.6.11

三角形　Peppermint Patty & Marcie

同時にふたりの子から
愛されるってこと
色男以外にはめったに
あることではないけれど

「私たちがキャンプに行ってたとき
　チャックは淋しいとは思わなかったのよ」
「私たちが感じやすいって　どう言えばいい」
「（電話する）チャック　この石頭！」

二対一では
かなわないね
一方向に思いが
二倍に押し寄せてきて

奔流へと飲みこまれる
そんな不安の恋の行方
耐え忍ぶ人生
だね　やはり

"You know, when we were away at camp, I don't think Chuck
missed either one of us"
"I wonder what we could say to let him know how that made
us feel... To let him know we're sensitive"
"Chuck, you blockhead!"　　　　　　　　　　1991.7.18

公園　　*Peppermint Patty & Marcie*

何ゆえに
生きるのか？
繰り返されてきた
問い

「こうして公園のベンチから病室の
　窓を見上げれば患者はよくなるものよ
　かわいそうに　チャックが
　あの部屋で寝ていると思うと……」

持ち場を離れる
自己を離れるように
病から
人生から

しかしながら
離れえないのは
自己の病
自己という存在

"If you sit on a bench across from the hospital and stare up at
his window, the patient gets better... Poor Chuck.. I hate to
think of him lying up there in that hospital room"

1979 Sunday

Fishing   Peppermint Patty & Marcie

晴れた日の休日
何をする？
何をしてもいいが
宿題はあとでだね

「マーシー　魚釣りに行こうよ」
「いっしょに行きますが
　釣れないことを祈ります
　恵まれない者の味方ですから」

釣り出すっていうのは
強者が弱者を誘い出すこと
ゲームにもなりうる
詐術の一方策

甘い言葉で餌とも知らず
おびき出される
あるな
そんな社会

"C'mon, Marcie.. Let's go fishing.."
"I'll go with you, sir, but I hope you don't catch anything.. I
always stick up for the underfish.."
"You are overly weird, Marcie.."

ロマンス　　　Peppermint Patty & Marcie

寝ても覚めても
念頭から離れない──
覚えがあるな
そんなこと

「私とあなたがキャンプにいたとき
　私がいないほうがチャックは淋しかったって」
「ほんとうですか？」
「そう言ったときそう言っているって言ってた」

恋心は理路整然
とはいかぬもの
未だ放たれてこない
キューピッドの矢のように

淋しかったのは
相手ではなく自分
その結論を避けながら
未来を担保にして

"Hi, Marcie.. I just talked to Chuck.. He said when you and I
were away at camp, he missed me more than he missed you.."
"Did he actually say that?"
"No, he only said it when he was saying he said what he was
saying when he said it!"
"You're very weird, sir"　　　　　　　　　　　　　　1991.7.16

139

直観　Marcie & Peppermint Patty

思索は
知識より直観の推進
夏休みには自由意志で
学習は何でも

「図書館の読書会に申し込みました」
「神はあなたが図書館に座るために
　太陽を創ったわけじゃないわ」
「神学にくわしいんですね」

さて　神学とは
啓示に基づいて
教義・歴史・倫理などを
組織的に研究する学問

学校を離れれば
パティの独壇場
自身の見識力は
読書会には行かずとも

"I signed up for a summer reading program at the library…"
"God didn't make the sun for you to sit in the library, Marcie"
"You know more about theology than I thought, sir" 1990.6.6

生身の真実　　Peppermint Patty & Marcie

詩とは？
言葉によって記された
それまでなかった
世界の創出

「こんな詩　暗記できない」
「言葉に負けているのですよ
　　生身の人間が書いているだけです」
「どれだけ生身なの？」

言葉はツール
差し出すのも
受け取るのも
生身の人間

授受がうまくいくのは
僥倖ともいうべき幸い
空暗記していいのでも
ないんだね　生身の真実

"I can't memorize these poems! I can't even understand them!"
"Just try to go along with the words, sir.. You're letting them
overwhelm you.. Just remember.. Poems are written by real
people.." "How real?"　　　　　　　　　　　　　　1996.4.25

親友　　Marcie & Peppermint Patty

教室は居眠りの場さ
夢も想念も
宇宙を駆けめぐる
未到の航空ショー

「適切な忠告があるんですけど」
「忠告なんかきらい　マーシー
　　聞きたくもないわ」
「目を覚まして風船ガムの匂いをかげ」

忠告とは　真心をこめて
他者の過失や欠点を戒め諭すこと
この世にふたつとない
きみという存在への贈り物なのに

知ってるかい？
人生の偉大な摂理
忠告というよりは
忠告してくれる友がいるということ

"I have some advice for you, sir.."
"I don't need your advice, Marcie.."
"It's very good advice.."
"I don't want to hear it"
"Wake up and smell the bubble gum, sir!"
"You're weird, Marcie.." 1989.4.11

睡眠学習　Marcie & Peppermint Patty

〝眠りの森の物語〟
古典音楽の森
学びうる　とろける
子守歌の世界

「音楽会も教育ですから
　眠ったなどと言うべきじゃなかった
　聴いてリラックスするのが目的よ」
「そのとおりやったわ」

もはや独壇場とも言うべき
きみの睡眠生活
眠りながら取り逃す
多くの知識と教養

とはいえ　そうして
卒業するんだね
学校も　そして
人生も

"You shouldn't have admitted to the teacher that you fell asleep
at the concert, sir.. Concerts are supposed to be educational..
You're supposed to listen to the music and relax"
"That's what I did.. And then I fell asleep.."

世界の終わり　　Marcie & Peppermint Patty

陽は昇り
陽は沈むとも
世界はこれから
どんなありよう？

「火山噴火　氷河溶解　すべて消滅！」
「じゃどうして校庭が子どもでいっぱいなの？」
「すみません　先輩がテストでAを取ったので
　世界の終わりだと思ったのです」

眠っている間に
世界が終わりになる？
ともあれ
いいことは起こらない

現にいいことが起こったら？
それも世界の終わり
ああ　そういう世界に
生きているんだね

"Volcanoes were erupting! Icebergs were melting! Everything is gone!"
"Then why is the playground full of kids?"
"Sorry, sir.. When I saw you got an 'A' on that paper, I thought the world had come to an end.."　　　　　1990.6.10

伝言　　Peppermint Patty & Marcie

星降る夜に
月だけが知っている
あんなこと
こんなこと

「おやすみ　マーシー
　私の知っている人の夢を見たら
　よろしく言ってね
　楽しかったこと覚えてるって」

ひとは眠る
夢のなかへ
一日の終わり
一生の終わりにも

吹きゆく風よ
伝えてほしい
過ぎゆく人生
楽しかった　と？

"Good night, Marcie. If you dream tonight about anyone I
know, greet them for me.. Tell them I remember all the good
times, and to keep in touch.."
"Marginally weird.."

Flashback 3

Beautiful Summer Day
Peppermint Patty & Marcie 1991.8.10

What is life? It is, from the beginning,
a mystery time unknown.
You don't know where
even the goal of death is.

"Hey, Marcie! It's a beautiful summer day!
 C'mon out, and we waste it away doing nothing..
 Then we can look back upon it,
 and regret it for the rest of our lives!"

It's all right to waste a day or two.
This summer day will never come back.
A lifetime, after all, may be
the sum total of waste.

If you can look back and regret it,
that's also good.
It will paradoxically proves
your life had some meaning.

　＊ The 2nd stanza from *Peanuts* by Charles Schulz.

夏の日

人生とは結局　何だったか
わからぬ謎の時間
死というゴールさえ
どこにあるのかわからない

「マーシー！　出ておいで
すばらしい夏の日よ
何もしないで一日を無駄にするのよ
それから思い出して一生後悔するの」

一日くらい無駄にしてもいい
今日の夏の日は二度と戻ってはこない
一生とはそもそも
無駄の総体かもしれない

振り返って後悔できるなら
それもまたよし
人生には意味があったということを
それは逆説的に証明するさ

VII

恋はあきらめない

Lucy
&
Schroeder

恋と愛　　Lucy & Schroeder

やはりやっかいな
男女の恋
思惑の綱引きの
結末はいかに？

「私を愛してる？
　いますぐ知りたいの」
「愛してないよ」
「明日まで待てたのに」

身についているね
シュローダー
ノーの返答は
即答にかぎると

妄想はどこまではびこるか
わからないものだから
間髪入れず
バッサリと

"Do you love me? I need to know right now!"
"No, I don't love you"
"I could have waited until tomorrow.." 　　1988.8.8

恋の道　Lucy & Schroeder

結婚は両者の
同意に基づく契約
しかし　なんとしても
勝ち取りたいひともいて――

「私たちの結婚は絶対ないって
　言うんだね　でもなぜなの？」
「きみが嫌いだからさ　ガミガミ威張ってばかりで」
「そんなことが理由なの？」

多様な解釈を排斥し誤解なきよう
シュローダー　きみは
ズバリ言うんだね
でも通じないのはなぜ？

恋心は自らが育んでゆくもの
相手がどう言おうと
我が道をいくんだ
ルーシーは

"You say we'll never be married... Well, why not? Give me
some reasons..."
"I don't like you, you're crabby all the time and you're too
bossy!"
"Those are reasons?"　　　　　　　　　　　　　1972.1.4

恋心　　Lucy & Schroeder

好き嫌いは
理屈ではなく
こころの道理
対象に関わる主観の働き

「すてきな髪　楽しい笑顔
　あふれる愛情　すべて足すと
　魅力的な答が出るはずよ」
「きみは足し算をまちがえたんだ」

足し算ではなかったのか
魅惑の方程式
掛け算なら？
割り算では？

見逃していたのは結局
算数じゃなかったんだな
恋心
キューピッドの矢の打ち間違い

"I can't understand why you don't like me.. I have nice hair, a
very pleasant smile, a cheerful personality, a kind face and a
heart full of love! If you add up all my features, I think you get
a pretty attractive answer"
"Maybe you added wrong!"

静穏　　Lucy & Schroeder

早春の昼下がり
きこえてくるのは
ベートーベンのピアノ・ソナタ
ほかに何が必要？

「私を美しいと思うなら　そう言って
　そうでないなら
　何も言わないで
　……ここは静かね」

静かで穏やかな時間ほど
貴重なものはほかにあったろうか
邪念も情念も
冷まされて

ソナタに創りあげるしかなった
恋慕の情
音の粒がこぼれ落ちると……
静穏の世界

"Here's the way I see it… If you truly think I'm beautiful, then
you should tell me… If you don't think I'm beautiful, I'd rather
not know… Just don't say anything… Boy, it's quiet in here!"
1980.4.25

誕生記念　Schroeder & Lucy

やはり　それは
何であったか？
宇宙の誕生
人間の出現

「今日はベートーベンの誕生日」
「そう？　何買ってくれた？」
「女の子にプレゼントなどはないさ」
「なんて無駄な話なの」

未来永劫につづくのだな
偉人の誕生記念
あやかって贈り物も
選ばれしひとに

しかし　光り輝く
ルーシーさまにも
思うようにできぬこと
あったんだな

"Today is Beethoven's birthday!"
"It is? What did you buy me?"
"You don't buy presents for girls on Beethoven's birthday"
"What a waste!"　　　　　　　　　　　　1988.12.16

悪夢　　Schroeder & Lucy

睡眠している時間は
人生の３分の１
そこで見る夢のありかは
もはや現実

「このごろ変な夢ばかり見る
　音符がみなポロポロ落ちてくる……」
「私の夢を見ればいいのに」
「夢の話だよ　悪夢じゃない」

夢の内実の良し悪しは
主観の相違
幸　不幸　好き　嫌い
は云うまでもなく

フロイトによれば
夢の58％は不快な悪夢
それが人間のありようを
救っているんだって

"I've been having the strangest dreams lately.. I'm playing the
piano, and all the notes keep sort of falling away… Snoopy is
there, too, and…"
"Maybe you should try to dream about ME…"
"These are dreams, not nightmares.."　　　　　　1989.10.14

結婚　　Schroeder & Lucy

結婚とは
人間が創った制度
結束と拘束と
協同と受難

「ぼくらの結婚なんてありっこないよ
　結婚してもいいって思う子は
　きみを除けば百万といるさ」
「あなた　いずれ飽きるわよ」

断念という言葉は　ルーシー
きみの辞書にはないんだね
輝かしいのは
飽くまで推し進めるそのスタイル

飽きるのは制度に
飽きないのは希求
いずれ飽きるのは
人生でなければ……

"Why do you keep talking about us getting married? It's never
going to happen! There are probably a million girls in this
world whom I'd rather marry than you!"
"You'd get tired of them.."

Lucidity　　Schroeder & Lucy

どんなにつらかった夜にも
明るい朝はやってくる
いつも？
とはかぎらないが

「二月の明けの明星は
　水星　金星　土星」
「ほんと？　私ではなかった？」
「？　……」

雑誌「明星」に集まった
気鋭の一派の明星派　いたな
与謝野晶子　北原白秋　石川啄木
光彩を放っていた──

私を忘れてはいけないとでも？
ルーシー
忘れることはないさ
ルーシディティーの輝き

"In February our morning stars are Mercury, Venus and
Saturn…"
"Are you sure? I thought I was your morning star"
KLUNK!　　　　　　　　　　　　　　　　　1987.2.25

恋の心　　Lucy & Schroeder

演奏に打ち込むシュローダーの
豆ピアノの背にもたれ
独り芝居を止められない
ルーシーの恋心

「人生は驚きに満ちている
　何に私が驚いているか　わかる？
　あなたが私に　一目で
　恋に落ちなかったこと」

驚きとは　ハッとして
目が覚めること
自己のうちにあるんだね
ドラマ

人生は気づきの連続
悟りの連続とも
諦めの連続とも
言い換えられるけど

"You know what surprises me? I'm surprised that you don't fall
in love with me the very first time you saw me… Life is full of
surprises." 1981. 3. 21

片想い　　Lucy & Schroeder

双方向に流れる思いは
夢のまた夢
とはいえ
夢見るしかない恋

「あなたが私をちょっぴり
　気に入ってくれればそれで幸せ
　つまり私を愛する必要はないってこと」
「よかった！」

策を弄してどうしても
そばにいる必要がある
恋情叶わずとも
言い寄ることだけは

そうして
時間切れになる
私たちの恋
私たちの人生

"I think I'd be happy if I knew you only liked me.. I'd
probably be happy if I knew you were only slightly fond of
me… What I'm trying to say is that I've decided you don't
necessarily have to love me…"
"GOOD!"　　　　　　　　　　　　　　　　　1987.10.17

Flashback 4

Sandlot Baseball   Charlie Brown & Lucy   1988.6.7

The world here and now is
an appearance protected by possibilities
of will, longing and rebellion
that are trying to go far away.

"All right, Lucy, let's look alive out there!
  Be ready! Pay attention! Concentrate!"
"Why?"
"That's a good question."

Blue sky, white clouds.
Why aren't you willing
to aspire to life
rather than baseball?

Someday somewhere, you will recall
the sandlot baseball games
on the windy earth
in a far-off corner of the universe.

* The 2nd stanza from *Peanuts* by Charles Schulz.

草野球

いまここにある世界は
遠い彼方へ超え出ようとする
意志と憧憬と反抗の
可能性に包まれた現成

「ぽやぽやするんじゃないぞ
ルーシー　集中するんだ」
「どうして?」
「いい質問だね」

青い空
白い雲
野球を　というよりは
どうして　人生を?

いつかどこかで
思い出すだろう
はるかなる宇宙の片隅の
風そよぐ大地での草野球

VIII

光と影

Lucy
&
Charlie Brown

謹賀新年　*Charlie Brown & Lucy*

新年が明けると
おめでたいという——
めでたくないものが
帳消しになるということか？

「新年の抱負って　ある？」
「どの新しい年？」
「この新しい年さ」
「去年を使いきっていないのに？」

時間を生きる人間が
時間に区切りをもたせたのは
人類の知恵
しかし　ルーシーにして

まだ生きてはいない
去年を生き直す
おもしろいアイデアだね
手遅れなんだけど

"Do you have any plans for the new year?"
"New year? What new year?"
"This new year!"
"It can't be a new year already... I'm not finished with last year!!"

抱負　　Charlie Brown & Lucy

一年がまた　始まるよ
命あるものたちよ
それぞれ覚悟を
新たにしているだろうか？

「新年の誓い立てたかい？　ルーシー」
「何を？　何のために？　どうして
　変わらなきゃいけないの？
　どこに改善の余地があるの？」

新年とは
年が改まること
抱負とは
決意を新たにすること

新たな自己とは
今までどおりの自己
確固たる自信
みなぎる光

"Are you going to make any new year's resolutions, Lucy?"
"What? What for? What's wrong with me now? I like myself
just the way I am! Why should I change? What in the world is
the matter with you, Charlie Brown?!! I'm all right the way I
am! I don't have to improve! How could I improve? How, I ask
you? How?" "Good grief!"

後悔の航海　　Lucy & Charlie Brown

一年を経れば
新たな頁が開かれる
新たな航海
新たな後悔

「〝未来を忘れよう〟を今年のモットーにするわ
　　こぼれたミルクを嘆き
　　失った恋に溜息をつき
　　ああ　過去は後悔でいっぱい」

新年の抱負は
過去を航海すること
人生はなしえなかった事柄の
後悔の蓄積

後悔とは後で悔いること
輝きが足りなかったと
悔いることで
ますます光り輝こうと？

"I'm going to cry over spilt milk, and sigh over lost loves...
'Forget the future' is my motto.. Regret the past! Oh, how I
regret the past!"
1971

プレーボール　　Charlie Brown & Lucy

元気してる？
チャーリー・ブラウン
それとも
何してる？

「どうしてぼくは
　来る日も来る日も野球に負けつづけ
　ここにつっ立っているんだろう？」
「たぶん幸せな気分になれるからでしょう」

野球とは
負けつづけても
やめることができず
やむにやまれぬゲーム？

似てはいないか
人生に——
マウンドに立てるだけで
幸せなのさ

> "I wonder why I do this… I wonder why I stand out here day
> after day losing all these ball games? Why do I do it?"
> "Probably because it makes you happy"
> "You always have to be right, don't you?"

不条理　　Lucy & Charlie Brown

物事が叶えられないとき
たとえば　恋心
身に浴びる不条理
振りほどくことのできぬ──

「あきらめるのよ　チャーリー・ブラウン
　赤毛の子にふさわしいとは思えない」
「じゃ　だれにぼくはふさわしいんだ？」
「いい質問ね　とても難問だわ」

世界は夢と理想にあふれ
喜びに満たされる界
ではなかったとは
チャーリー・ブラウン

諦めるべきか
忘れ去るべきか
とはいえ　どちらも
できないんだね

"If I were you, Charlie Brown, I'd forget that little red-haired girl.. You're not her kind.."
"Who's kind am I?"
"Now, that's a good question! Yes, sir, that's a very good question! Boy, you've sure got me there.. Who's kind are you? Wow! That's a real stickler! That's a puzzler if I ever heard one! Yes, sir! That's a rough one! That's a poser! That's a.." "Oh, good grief!"

心配　Lucy & Charlie Brown

自分が自分であることで
思い悩むことはあれ
他者は自分の悩みを
どう思っているのか？

「胃が痛むのも無理ないわ
　バカバカしい心配事をすべてやめなきゃ」
「どうやってやめるのさ？」
「それが心配事よ」

心配とは
心にかけて思い煩うこと
思い煩うとは
いろいろ考えて苦しむこと

心配とは
チャーリー・ブラウン
自分から離れ　心を配って
世話をすることでは？

"I had to go to the school nurse yesterday because my stomach hurt…"
"You worry too much, Charlie Brown… No wonder your stomach hurts… You've got to stop all this silly worrying!"
"How do I stop?"
"That's your worry! Five cents, please!!"　　　　1968.3.1

165

道徳　　Schroeder, Lucy & Charlie Brown

相談も議論もありうる
マウンドは世界の頂点
タイムアウトは
ピンチのときだけでなく

「もし三振させたら　きみは彼を不幸にするぞ」
「その通り　あなたはあの哀れな子の人生に
　予期せぬ悲しみを持ちこみたいの？」
「九回裏は道徳の時間か」

道徳とは
老子の説いた
恬淡虚無の学
ひとの踏み進むべき道

知らなかったな
善悪を判断する基準として
承認されている規範が
草野球にあったことなど

> "If you strike out this last guy, Charlie Brown, you're going to
> make him very very unhappy.."
> "That's right.. Are you sure you want to bring unexpected grief
> into that poor kid's life?"
> "Just what I need… Ninth inning ethics.."　　　　1992.5.9

善悪　　Lucy & Charlie Brown

伝統的な道徳性を排する
ニーチェの『善悪の彼岸』
感覚主義やモラリズムを推し
さて　どこへ進む？

「世の中に悪い人といい人　どちらが多い？」
「だれが悪い人でだれがいい人って
　だれが言えるのさ？」
「わたしよ！」

物事を比較して考えない
これを無分別という
二項対立もまた
同じ根から？

主観が決定する
良い　悪い
ルーシーさまには
すべてお見通しの世界

"Tell me something... Are there more bad people in the world,
or are there more good people in the world?"
"Who is to say? Who is to say who is bad or who is good?"
"I will!!"　　　　　　　　　　　　　　　　　　1973.10.25

野球と愛　Lucy & Charlie Brown

負けてばかりとはいえ
やめることはできない
ベースボール・ゲーム
きょうの投球はいかに？

「野球よりたいせつなもの
　何かわかる？　愛よ」
「知ってるさ　野球が愛よりたいせつ
　なんて言った覚えはないさ」

負けて懲りないのは
人生がそうであるように
野球が存在を証明するからだね
チャーリー・ブラウン

愛は野球よりたいせつ
なのに　愛にくじければ
やっぱり　野球が
愛よりたいせつなのでは？

"You know what's more important than baseball? LOVE!
That's what!!"
"I agree! I've never said that I think baseball is more important
than love!" "You haven't?"
"No, I haven't! Now, why don't you leave me alone, and let me
try to pitch?!!"
"Maybe baseball is more important than love…"　1975. 5.16

通俗　*Charlie Brown & Lucy*

大事なことは一日一日を
充実させること　とはいえ
難多く悩み多き人生
思い煩う日々

「きみの助言は役に立たないっていう噂だよ
　　ただの〝通俗心理学〟だって
　　通俗心理学でどんな問題が解決できる？」
「通俗的問題よ」

通俗とは
一般的でわかりやすく
興味本位であること
よかったな──

心の悩みの相談室に
深淵な心理学がない？
心配する必要はない
深淵な心配はないってこと

"I've heard that your advice isn't any good… They say it's just
'Pop psychology'… So I have to ask you something… What
kind of problems can you solve with pop psychology?"
"Pop problems!"　　　　　　　　　　　　　　　1985.10.4

監督業　*Lucy & Charlie Brown*

監督業とは
マネージメント
管理　処理
経営　それに？

「優れた監督は選手との
　意思疎通の仕方を知っていて
　選手の福祉をも心がけているものよ」
「おーいみんな　このごろ元気かい？」

ときには　ルーシー
ヒットするんだね
物事を洞察する
優れた哲理に

一方　チャーリー・ブラウン
訓えられるんだね
意思を交わす人間味
人生の極意

> "A good manager knows how to communicate with his
> players.. A good manager even shows concern for their
> welfare.."
> "How've you been?"　　　　　　　　　　　　　　1998.7.22

自己改革　　Lucy & Charlie Brown

すべてが変わってはまずい
と思うのだが
現状に満足することも
できないこの社会

「私が世界の責任者だったら
　すべてを変えてみせるわ」
「どこから手をつける？」
「あなたからよ」

世界のありように
責任を持つ
またしても眩しい
ルーシーさまの気概

自分は変わらずに
まず隣人を改革する——
理路整然と輝く
自己の正当性

"If I were in charge of the world, I'd change everything!"
"That wouldn't be easy.. Where would you start?"
"I'd start with you!"　　　　　　　　1988.10.6

応募　Lucy & Charlie Brown

生きて死ぬことが
個の摂理だとしても
誕生し存在しつづける種の
目的とは何か？

「うちのおじいちゃんに孫が6人いて
　　この秋また3人　人生に応募するんだって」
「そういう言い方もあるんだね」
「たぶん　私の影響よ」

応援や激励は受け容れるとしても
自ら望んだ覚えがないのに
応募しなければならないとは
なんたる仕組み

後戻りできない
待ったなしの応募
つまり　落選したら
どうなるとでも？

> "My grampa says he has six grandchildren. And he says that
> this fall there will be three more applying for life.."
> "Your grampa has a way with words"
> "He probaly gets it from me"　　　　　　　　　　1988.8.16

履歴　　Lucy & Charlie Brown

私たちはいまここにいて
何をしているのであろうか？
何を行ってきて
何を成そうと？

「雨のなか立ちつくせば愚かに見える？」
「見えるよ」
「愚かに見えるって知っていれば
　愚かでいてもかまわないのよ」

悟ることこそが救い
自然の摂理　それは
いまここに自分が
存在していること

人類史上消えることはない
私という履歴
でも　ルーシー
きょうの野球は中止だよ

"I feel stupid standing out here in the rain... Do I look
stupid?"
"Well, yes, I sort of think you do.."
"That's a relief. I don't mind feeling stupid as long as I know I
look stupid!"　　　　　　　　　　　　　　　　　　　1991.4.5

後悔　　*Charlie Brown & Lucy*

晩秋の日溜まりのなか
ひとり物思いにふけるとも
話し相手がいれば
さらにいいもの

「いままで　後悔したことある？」
「私が？」
「みんな考えると思うんだ　つまり……」
「私が？」

選択の間違いは
だれにもある——
対話の相手と
その内容

後悔とは
過去の行いを悔いること
あるわけないよね
輝いているひとには

> "Do you ever have any regrets?" "Me?"
> "I mean, I suppose we all think about how we.." "Me?"
> "I mean, we sort of look back, and…" "Me?"
> "It just seems that.." "Me?"　　　　　1992.5.13

答　　Charlie Brown & Lucy

いまここという世界で
ひとそれぞれに異なる
事象が生起する
とはいえ

「人生という本においては
　答は後ろに載っていない
　ぼくの新しい哲学さ」
「あなた困っているのね」

答とは問いへの解
そうであれば
人生とは
ひとつの設問

最終頁にも
答は記されない
では　どこに
答が？

"In the book of life, the answers are not in the back! That's my
new philosophy."
"I think you are in trouble."　　　　　　　　　1972.1.25

書物　Lucy, Charlie Brown & Linus

本とはひとによって
首尾よくまとめられた書物
書かれた文字が
一冊に綴じられたもの

「その本　見せて
　へえー　とんでもない！
　百万年たっても読む気しないわ」
「ルーシーは表紙で読むのが得意だね」

ルーシーさまには
カバーによって
その中身の良し悪しが
わかるという──

誰の声も届かぬ時代
発する声さえ閉じ込められ
聞こうとする声は？
自分の声さ

"Let me see that book! What is it? Phooey! I wouldn't read this
for anything! Not in a million years! Forget it! No way!!"
"Lucy has no trouble judging a book by its cover!"　1979.3.19

最良の友　Charlie Brown & Lucy

友人　知人　他人
敵　味方　……
自己以外　他者は
いろいろ分類できるが——

「群衆の中にいて寂しいって思ったことある？」
「あるわ　何度も　ほんとうはいつも」
「ほんとに？」
「寂しく思わないのはひとりでいるときだけ」

寂しいのは
ひとがたくさんいるとき
自己は確固として
ここに在るね

了見のわからぬ他者より
〝私〟で充足する自己
最良の友が
自分であったとは！

"Have you ever felt lonely when you were in a crowd?"
"Oh, yes, lots of times…In fact, I always seem to feel lonely
when I'm in a crowd.."
"You do?" "Uh, huh"
"The only time I'm not lonely is when I'm by myself!"

1957.9.16

三原色　　Charlie Brown & Lucy

過去は既に在り
将来は将にやって来ようと
現在ここにあるのは
時間の三原色

「きみは後悔したことある？
　みんな　考えると思うんだ
　つまり　過去を振り返るとか……」
「私が？」

後悔とは
後になって悔いること
しかし　未来を生きる今
終わったことを……

ふたりで寄り添って
その幻想的存在の直截性を
二で割るとちょうどいいはず
（ルーシー＋チャーリー）÷2

"Do you ever have any regrets?" "ME?"
"I mean, I suppose we all think about how we.." "ME?"
"I mean, we sort of look back, and…" "ME?"
"It just seems that.." "ME?"　　　　　　　1992.5.13

独り舞台　　*Lucy & Charlie Brown*

そうしていつしか
暮れる人生
知る由もない
物語の終わり

「どうして私が幸せかわかる？
　自分が好きだからよ
　大きくなったら何になりたいかわかる？」
「見当もつかないな」「私よ」

眩しいのは
そのルーシディティ
自己陶酔とも
自惚れとも言うが──

世界は自己の想念の
夢のような舞台空間
空想とも妄想ともつかぬ
空威張りの独り芝居？

"You know why I'm happy? Because I like myself, that's why!
Yes, sir… I'm a great admirer of me! You know who I want to
be like when I grow up?"
"I wouldn't have the slightest idea"
"ME!"　　　　　　　　　　　　　　　　　　　1956.10.24

フィナーレ　Charlie Brown & Lucy

一年がめくられ
閉じられるのは
野球という祝祭
来年の蘇りを期するために

「今シーズン最後の試合だぞ
　みんな最善を尽くすんだ！」
「最悪を尽くしたらどうなるの？」
「きみはすでに最悪を尽くしているよ」

最善とは
できるかぎりのこと
最悪とは
最も悪い状態のこと

そうして
終わるんだね
野球シーズンも
人生も

"Is our last game of the season! Let's all do our best!"
"What if we do our worst?"
"You've already done your worst!"
"I can't argue with that.."

IX

光の女王と豆哲学者

Lucy
&
Linus

姉と弟　　Lucy & Linus

弟が兄で
姉が妹であったら
世界はまったく
異なっていただろうか？

「あんたは弟で私は姉
　それは一生変わらないのよ
　そんなこと考えたこともない
　なんて言わないでよ」

変えたくても
変えられない
不変の事情
あるな　ほかにも

自分が
自分であること
世界がこのように
あること

"You are my younger brother and I am your older sister, and
that's the way it's going to be all the days of your life.. And don't
tell me you never think about it.."　　　　　　　　　1993.8.9

志　　*Lucy & Linus*

志すことだけなら
だれしも
インプットされている
自己を超え出る活力

「これからは静穏な態度で
　人生を渡っていくつもりよ」
「そうできるってほんとに思ってるの？」
「思って悪いとでも！」

志向の行方は
日々変わるもの
明日になったら
また　明日で

ただひたすら
いい方向にと
つまり　自らが
より輝くように──

> "From now on I intend to move through life with total
> serenity…"
> "Do you really think you can?"
> "Well, why not?"　　　　　　　　　　　　　1990.1.4

Long Season　　Lucy & Linus

春の陽をたっぷり浴びて
青葉がやわらかかったころ
行く手は淡い夢につつまれて
希望の虹が見えそうだった

「姉弟だから私たちはチームみたいなもの
　私が監督で　あんたは役立たず
　ベンチに座っているだけのダメ選手」
「長いシーズンになりそうだな」

ひどい下剋上　とはいえ
反抗できない運命
消え去らない履歴
一生にわたるチーム

それが人生
長いシーズンさ
生き抜いていくんだ
ゲームオーバーまで

> "As sister and brother, we're almost like a team.. I'm the
> manager, and you're the worthless player who is good for
> nothing except sitting on the bench!"
> "It's going to be a long season"　　　　　　1994.4.30

姉弟　Lucy & Linus

深遠で解決しがたいのは
姉と弟との関係学
言語と心理による
駆け引きと争い

「あら　そう？　あなたにはいつも……」
「〝いつも〟って言うなよ
　　人生に〝いつも〟はないんだよ」
「ときどきしばしばあなたには頭に来る！」

言葉としては存在しようとも
神のみではないだろうか
用いることができるのは
　〝いつも〟それに〝必ず〟

とはいえ　重要なのは
伝達される心のありよう
副詞的修飾語より
主文の内容なのだが——

"Oh, yeah? Well, you always…"
"Don't say, 'always'! Nothing in this life is for 'always'"
"Every now and then, once in a while, you drive me crazy!"
1992.11.4

太陽と月　　*Lucy & Linus*

謎のようにある
太陽と月
幾千もの星
姉と弟　光と影

「何をやってもうまくいかない　なのに
　恵まれていることを数え上げよと？
　私に感謝すべきものがあるとでも？」
「お姉ちゃんを愛してる弟がいるじゃない」

感謝とは　自らが知らぬ
恵みに感じ謝ること
落ち込んだときにこそ
顕れてくる想念

嘘も方便
弟は姉があるように
姉は弟があるように
楽天家と能弁家は表と裏？

"Nothing ever goes right for me! And you talk about counting
blessings! You talk about being thankful! What do I have to be
thankful for?"
"Well, for one thing, you have a little brother who loves you…"
1963.6.30

安心毛布   Lucy & Linus

ひとの嗜好がそれぞれ
異なるように
ひとを安心させるもの
いろいろとあり

「アホくさい毛布に
　しがみついてさえいれば　どうして
　安心するってことになるのよ？」
「ああ……」

ひとに弱みあり
つねに克服してゆかねば──
解決は何はともあれ
各自の意向のもとに

とはいえ　驚きは
失恋も弱みとは思わない
誇らしいひとが
この世に輝いていること

"How can holding a stupid blanket make you feel secure?"
"Oh, boy.."   1990.1.7

現代音楽　*Linus & Lucy*

協同社会における
人間同士の関係性
自己と他者との戦略的
友好的コミュニケーション

「姉さんはぼくの話を聞いたことがない」
「バカね　聞いているわよ」
「じゃ何話したか言ってみて」
「To, a, of, but and the」

談話は言語によって
語られうるが　むろん
機能語 (function word) より
内容語 (content word) が重要

姉が聞いている
機能語群
何やら現代音楽のような
響きじゃないか

"You never listen to anything I say, do you? I mean, you never really listen!"
"Of course, I do…don't be so stupid!"
"Go ahead, tell me what I've been saying…tell me what you've heard…"
"To, a, of, but and the!!"
1977 Sunday

毛布　　*Lucy & Linus*

安心　安堵
安眠　安楽
やすらぐことは
不安がないってこと

「ぬいぐるみで安心する子の数は
　毛布で安心する子の二倍だって」
「いちいち教えるのが好きなんだね」
「だーい好きよ」

ぬいぐるみや
毛布だけではない
ペットを飼って
安心する大人も多いはず

何を言われても
心配はないね
ライナス
毛布があるかぎり

"It says here that twice as many kids get their security from a
stupid animal than from a blanket…"
"You like to remind me of things like that, don't you?"
"I love it!"　　　　　　　　　　　　　　　　　　　1989.8.19

制度　　Linus & Lucy

意識と行動が支配され
決定される自己の固定観念
あたりまえのことは
あたりまえと思いこまされ

「いつかぼく　学校へ
　行かなきゃいけないの？」
「もちろんよ　12年間通うのよ」
「12年間も！」

12年の刑のような
12年の義務
生まれてきた者が
社会制度に絡み取られた──

制度とは　　しかし
不易流行
創り創られ
変容すべきものであったはず

"Will I have to go to school someday, Lucy?"
"I'll say you will! You will have to go to school for twelve years!"
"TWELVE YEARS?! Good grief! I'll be an old man!!!"
1956.3.23

気質　Linus & Lucy

自己は他者とは
異なるとしても
自己が自分であるとは
いかなることであるのか？

「なぜいつもぼくを怒鳴りつけるの？」
「さあね　どうしようもないみたい
　　それが私なの
　　それが私のすることなの」

ユングは心の活動により
外向型と内向型に分類
人間の気質は一生
変わらないらしい

エネルギーの放射される
方向が違うんだね
ライナスは心の内へ
ルーシーは心の外へ

"Why are you always yelling at me?"
"Well, I'm not sure I can help it.. It's me.. It's what I do.."
1995.8.24

191

Communication   Lucy & Linus

ひとはひとと関わり
世界を拓く
つねに新たな言葉と
新たな関係で

「これは私のマンガ
　触ってほしくないわ
　今度やったらぶっ飛ばしてやるからね」
「話し合えて　うれしいね」

無視と無言ほど
陰湿ないじめはない
すると　こんな会話も
心の交流？

平穏な一日に
胡椒のような辛さで
交わり流れるんだ──
コミュニケーション

> "You did it again! You took my comic books without asking
> me! These are my comic books, and I don't want you touching
> them! If you do it again, I'm going to hit you right over the
> head!"
> "I'm glad we had this discussion.."   1998.8.11

人類愛　　*Lucy & Linus*

テロ　報復
侵略　破壊
殺戮と憎悪の連鎖は
何ゆえなのか？

「あなたが医者に？　へえ　笑っちゃうね
　なれっこないさ　なぜかわかる？
　あなたには人類愛がないからよ」
「僕は人類を愛している　嫌いなのは人間」

弟には親の愛情が不足
姉が大半を受けたからね
哲学をめざすのは　ライナス
反骨心ゆえだね

私たちの国籍は人類
私たちの誇りは叡智と愛
それでやって来るのだろうか？
世界が平和に満ちる日

"You a doctor! Ha! That's a big laugh! You could never be a
doctor! You know why? Because you don't love mankind, that's
why!"
"I love mankind… It's people I can't stand!"　　　1959.11.12

改革　　Lucy & Linus

パラダイムシフトが
必要でなかった時代はない
政治力の発現も
社会改革も

「私の言うことにみんなが耳を傾けたら
　　もっといい世の中になると思う」
「そういう機会を設けようか……」
「一室に集めてね　同じこと言うのイヤよ」

世の中をよくすることに
反対する者はいないはず
でも　特異な考えは
他者の考えとはつねに異なり

さて　ルーシー
きみならやってくれる？
きみの言動のすべては
脳裏に焼き付いているが

"I can't help thinking that this would be a better world if
everyone would listen to me.."
"Maybe we could arrange it…"
"Try to get them all in one room.. I hate to say things twice.."
　　　　　　　　　　　　　　　　　　　　1988.10.5

助言　　Linus & Lucy

きみもまた　ライナス
人生相談かい
大地は陽に満ちあふれている
というのに

「チャーリー・ブラウンが助言してくれた」
「理解できた？　その助言」
「もちろんできた」
「理解できる助言は役に立たないのだけど」

そうか　助言はもともと
難解なものだったのか？
それとも　そもそも
理解しえぬものであるとも？

助言とは
ひとを助ける言葉
何はともあれ
助かればいいはず

"Thank you... I'll try to do what you suggested."
"Charlie Brown just gave me some advice..."
"Do you understand it?"
"Of course I understood it!"
"Never take any advice that you can understand... It can't
possibly be any good!"　　　　　　　　　　　　　1972.7.8

冷静　Lucy & Linus

生きるにあたり
覚悟が必要としても
なにゆえかくもあまたの
心構えが必要？

「これから私　冷静沈着に人生を
　わたっていくつもりよ」
「そうできるとほんとうに思ってるの？」
「なぜ悪いのさ！」

覚悟とは　迷いを去り
道理を悟ること
何事にも冷静沈着に
あたろうとすること

反発心は　ルーシー　やはり
すぐに沸き起こるね
冷静沈着はその輝きを
色褪せさせるから？

"From now on I intend to move through life with total
serenity…"
"Do you really think you can?"
"WELL, WHY NOT?"

うんざり　　*Lucy & Linus*

好むも好まざるも
姉と弟
いつまでも
どこまでも

「そのバカげた毛布持っているのを見ると
　どんなにうんざりするか知らないでしょう？」
「じゃあ　あっち向けば？」
「ダメだわ　うんざりが懐かしくて」

うんざりとは
回避したいと思い
物事に飽き果てて
げんなりするさま

ところが
日課ともなると？
懐かしいのさ
嫌なことも

"You have no idea how annoying it is for me to have to look at
you holding that stupid blanket!"
"Why don't you just face the other way?"
"This isn't going to work.. I miss being annoyed!"　　1996.7.17

ガミガミ屋　Linus & Lucy

他者は自己を
自己は世界を
世界は他者を
どう見ている？

「姉さんは生まれつきガミガミ屋で
　これからも一生そうなのさ」
「これからも一生？
　気が楽になったわ」

姉へ弟のいつもの　いや
ときどきの評　Crabbyは
〝意地悪な〟〝気難しい〟
〝つむじ曲がりの〟の意

気にかけていた
とはいえ
アイデンティティーが
より確かなものに

"I think you were born Crabby, you're crabby now, and you'll
be crabby for the rest of your life.."
"For the rest of my life?"
"For the rest of your life.."
"That's a relief"   1992.11.6

世界　　Lucy, Sally Brown & Linus

ミサイル発弾
自爆テロ　ＩＳ掃討
アフガン撤退
ウクライナ侵攻

「見て」
「何を見るのよ？」
「このちっちゃな虫
　　どんなに物事を知らないことか」

知らないだろうな
ひとさまの世界
殺戮と破壊
煩悶と不条理

とはいえ
知っていても
どうにもならぬのは
なぜ？

"Look"
"Look at what?"
"Look at that tiny bug.. Have you ever thought about how little
he knows?"　　　　　　　　　　　　　　　　1977 Sunday

機嫌　Linus & Lucy

相手がきげん悪いと
自己もおだやかならず
万人の幸福こそが
自己の幸福の必要条件

「サンドイッチとクッキーにミルク
　気がつかなかったもの　ほかにある？」
「ひとつあるわ　わたし
　きげん直したくないのよ」

たがいに助け合うべき
とは知らずとも
光り輝くルーシーさまには
自己愛が満足の十分条件

姉への気遣いと配慮は
どこまでもむずかしい
アイデンティティーが
損なわれる心配があるからな

> "See? I came right back! Here's a nice sandwich for you, some chocolate chip cookies and a cold glass of milk... Now, is there anything I haven't thought of?"
> "Yes, there's one thing that you haven't thought of... I don't wanna feel better!"　　　　　1978 Sunday

超出　Lucy & Linus

晩秋の陽射しを受け
ソファーに腰掛け
会話を交わしうる
おだやかな時間

「ひとっていつかは変わると思う？」
「もちろんさ　この一年でぼくは
　ずいぶん変わったさ」
「いいほうにってことよ」

自らの実存の摂理に
気づいたね　ルーシー
いまここをつねに超えるのが
人間存在であるとしても

だれもがいいほうへ
変わるわけではない
信念は確固として
変わらずともね

"Do you think people ever really change?"
"Sure, I feel I've changed a lot this past year.."
"I meant for the better!"　　　　　　　　1989.3 28

発言権　*Linus & Lucy*

それは必然であったのか？
46億年前の地球誕生
ルーシーとライナス
この世にふたつとないペア

「ぼくを尊敬する姉か妹が
　いてもよかったのに——
　代わりに何がいたと思う？」
「知ってるよ　その答」

兄弟姉妹は選べない
この地球も選べなかった
それとも　何かあった？
自分で選べるもの

言葉としてならあるが
どこにある？　選択権
発言権ならあるさ
ルーシーの手中に

"I could have had an older sister to look up to.. Or I could
have had a younger sister who would have looked up to me…
Instead, what did I get?"
"I know the answer!"

1987.2.5

めげない意志

Linus
&
Charlie Brown

新世界　Linus & Charlie Brown

新入学　新学級
見知らぬ顔が集まって
緊張に満ちていた　未知の
あの空間　あの仲間たち

「友だちになってくれる？」
「もちろんだよ　ライナス」
「そろそろ友だちつくれってルーシーが
　それでまず最低の線から始めようかと」

教室の外は
子どもだけの遊びの世界
未知なる出会いの
もうひとつのワンダーランド

若葉が青々としていたころ
世界は用意していた
ひととひととの関係性が紡ぐ
思いもせぬ物語を

"Will you be my friend, Charlie Brown?"
"Why, sure, Linus… I'd be glad to be your friend!"
"Lucy told me it was about time I made a few friends.. So I
figured I'd better start right at the bottom…"　1956.1.18

無償の愛　　Linus & Charlie Brown

晴れ晴れしい天気の日に
心が塞いでいるってこと
あったな
なす術もなく……

「幻滅を癒してくれる薬ってある？」
「チョコレートクリームと背中のひとたたき
　　……（ライナスの背中をたたく）」
「チャーリー・ブラウンっていいヤツだなあ」

傷を癒してくれるのは
説教でも教訓でもなく
姿かたちも見えない
配慮　関心

無償の愛
永遠の思いやり
深い哲理はそこから
拓かれるんだね

"What's the cure for disillusionment, Charlie Brown?"
"A chocolate–cream and a friendly pat on the back"
"Good ol' Charlie Brown!"　　　　　　　1960.11.3

叶わぬ夢　Linus & Charlie Brown

チャーリー・ブラウン
そう呼びかけるだけで
癒されるひともいるのに
きみの一日は——

「きみの無駄でない一日ってどんな日？」
「夢の少女に会えて　大統領に選ばれ
　　ノーベル賞をもらい　ホームラン打った日」
「陽が沈むのを見るのがイヤなの　よくわかる」

陽が沈むのは
気持ちが沈むこと
一日の終わりは
無駄にした時間の終わり

それでも　きみの
小さな胸は　夢に
満ちているんだね
叶えられぬ——

"I hate to see the sun go down.. I've wasted another day.."
"What do you consider a day not wasted?"
"A day where I met the girl of my dreams, was elected president
of our country, won the Nobel Prize and hit a home run!"
"I can understand why you'd hate to see the sun go down.."
1975.10.9

希望と祈り　　Linus & Charlie Brown

昨日
今日
明日
ほかに時間は？

「明日を思い煩うことなく
　今日だけを考えるべきじゃないかな」
「いや　希望がぼくにはある
　昨日がよりよいものになるという」

希望とは心のもちよう
とはいえ
過去に向かう希望があるなんて
知らなかったさ

あることを成就させようと
願い望むこととは？
失敗が成功に　昨日が僥倖に
変わるよう祈ること

"I guess it's wrong always to be worrying about tomorrow.
Maybe we should think only today…"
"No, that's giving up… I'm still hoping that yesterday will get
better."　　　　　　　　　　　　　　　　　1979.3.24

依存症　Linus & Charlie Brown

依存とは　存在するために
他のものを頼りにすること
それなしでは生きていけず
自立を阻むと考えられる概念

「毛布依存症を治すの　手伝ってくれる？
　ずっと持ってて　何を言っても返さないで
　……気が変わっちゃった　返して」
「いいよ　ほら」「No No No No」

I hate youがI love youにも
Oh my god! がI'm happy! にもなって
言葉は字義通りの意味を
伝えるわけではない

ライナス　哀しいことに
深刻きわまりなく
本音と建前が
格闘しているんだね

"Look Charlie Brown.. You've got to help me break this blanket habit… You hang onto it for me, but don't give it to me even if I beg you for it! No matter what I tell you, don't give it back to me! I think I've changed my mind… I want it.."
"All right.. Here.."
"NO NO NO NO" *Sigh*　　　　　　　　　　1959.2.1

妄想　　*Charlie Brown & Linus*

生きていることより
やっかいなことって
あるのだろうか？
あったな

「赤毛の女の子にウィンクするのを見て
　先生がぼくの目がどこか悪いんじゃないかって──
　保健婦さんになんて言えばいい？
　愛がこんなにやっかいなものだとは」

焦がれて
夢を見ていただけなのに
目を病み
精神を病むとは──

人生はそれだけで
つらいのに
愛によっても
傷つくのだとは──

> "Where're you going, Charlie Brown?"
> "The teacher wants me to see the nurse about my eye. She saw me winking at the little red haired girl... She thinks something's wrong with my eye... What am I going to tell the nurse? I never knew love could be so much trouble.."
>
> 1987.1.14

知　　Linus & Charlie Brown

わからぬものは
ひとを遠ざける
難解な文章も
高尚な内容も

「何事かと了解していれば
　怖じ気づかずにすむ
　未知のものが恐怖を生むのさ」
「……わからないな」

さて　ライナス
人間だけ　いや
哲人だけだろうか
事象の理解

無知を知って
世界を知ることはむろん
了解とはそもそも
何であるかと

"If we understand something, we usually aren't so afraid… I
think we all fear the unknown. Don't you think so?"
"I don't know"　　　　　　　　　　　　　　　1987.9.5

Romance　　Charlie Brown & Linus

あるのだろうか？
夢にまで見たロマンス
現実世界に叶って
この身に訪れること

「ほら　演奏はフォックス・トロット
　今こそ赤毛の女の子に
　ダンスを申し込むべき」
「もう先を越されているようだよ」

痛恨の極みとは
人生にたった一度
恋するひとが自分以外の者と
踊っていること

眼を両手で覆いながら
盗み見する
相手は？
きみが飼い主の彼さ

"Charlie Brown! Where have you been?"
"I've been doing the Hokey-pokey with Patty and Marcie..
Listen.. They're playing a Fox Trot.. Now I can ask the little red
haired girl to dance.."
"I think someone is ahead of you.."　　　　　　1998.5.25

錯誤　　*Charlie Brown, Linus & Lucy*

何かが待ち受けている
そう信じて歩んできた
思春期からの
遥かなる旅路

「恋していれば幸せに
　なれるはずだったけどなあ」
「どこでそんな考え
　思いついたんだい？」

思い違いは
恋する者にはよくあること
とはいえ　どう生きればいい？
恋が幻想であったなら

失意のうちに
悲嘆のうちに
断念のうちに
諦念のうちに

> "You blockhead! You struck out and we lost the last game of
> the season! You were standing there thinking about your new
> girlfriend, weren't you?"
> "I thought being in love was supposed to make you happy.."
> "Where'd you get that idea?"　　　　　　　　1990.9.14

共生　Linus & Charlie Brown

書道の習いには
お手本があって
それをうまく真似ることが
大事と教えられたが——

「ぼくだけスペリングでＡを取れなかった
　パパは不審に思った　ぼくは言った
　一人ひとりが違うように造られたのだと
　そして一大神学論争に突入したのさ」

創造主は一人ひとりを
みな異なるように造った
その一人が記す文字もまた
そうであるはず

啓示　教義　倫理
それは共生共有をめざすもの
ひとみな我と同じなら
クローン社会では？

> "My dad and I got into a big theological argument last night…
> He was looking at my report card, and wondering why I was
> the only one in my class who don't get an 'A' in spelling… I
> said, 'Isn't it wonderful how each of us on this earth was created
> just a little bit different?' That's when we got into the
> theological argument…"　　　　　　　　　1962.11.15

銀河系　　Linus & Charlie Brown

いまここに
私たちがいるように
よその惑星にも生物が
生息している可能性があると

「私たちの銀河系には千億の星があり
　そして銀河系は千億あり
　それぞれの銀河系にも千億の星がある
　何か見通しが開けない？　チャーリー」

その星にも同じように
あるのだろうか
喜怒哀楽　侵略戦争　加えて
チャーリーのような存在

生苦　老苦
病苦　死苦
見通しはどのように
開けているのだろうか？

"Carl Sagan says there are a hundred billion stars in our galaxy,
and there are a hundred billion galaxies and each galaxy
contains a hundred billion stars.. Sort of puts things in
perspective, doesn't it, Charlie Brown?"　　　　1993.7.16

恋する人生　　　*Charlie Brown & Linus*

キャンプは冒険
日常からの逸脱
いっときのアバンチュール
胸弾む思い

「キャンプからだよライナス　ぼく恋しちゃった」
「きみはいつだって恋してるじゃないか
　例の赤毛の女の子はどうした？」
「だれのこと？」

葛飾柴又のお兄さんも
いたな
恋する人生
叶わない――

人生そのもの
かもしれないな
終わるまで
叶わないのは

> "Hi, Linus… I'm calling from camp.. I think I'm in love…"
> "You're always in love, Charlie Brown.. Who is it this time?"
> "I don't know her name, but she's the prettiest little girl I've
> ever seen"
> "What about the little red-haired girl you're always brooding
> about?" "Who?"　　　　　　　　　　　　　　　1990.7.24

敗退　Charlie Brown & Linus

思いだけが空回り
空想だけが空振り
妄想だけが堂々巡り
傷心だけがきりきり舞い

「キャンディ差し出して好きだよって
　　どうして言えなかったんだろう？」
「きみがきみだからさ」
「質問もうひとつ　なぜきみに訊いたんだろう？」

わたしとはだれ？
尾崎豊が歌っていたな
ぼくがぼくであるために
勝ちつづけなきゃならない

それとは逆だね
チャーリー・ブラウン
きみはきみであるために
負けつづけなきゃならない

"Why couldn't I have given her the box of candy, and said, 'Here,
this is for you.. I love you'? Why couldn't I have done that?"
"Because you're you, Charlie Brown"
"Now, I have another question.. Why do I ask you?"

1989.2.16

二兎　　Linus & Charlie Brown

何をしていても
脳裡にちらついて離れない
キャンプで知りあった
女の子の幻影

「ペギー・ジーンのこと
　赤毛の女の子に話してみれば？
　それできみは一生不幸に生きれる」
「今まで聞いたなかで最低の助言だね」

意中の子が振り向かないなら
セカンドの子をねらう――
とはいえ　どちらも
捕えることができない

それで　どう生きればいいかって？
ライナスが助言しているよ
一生不幸に生きればいいのさ
チャーリー・ブラウン

"Do you still like Peggy Jean? Then here's what you should
do... Tell her about the red haired girl! Unfortunately, she'll
never want to see you again! Now, most likely the little red
haired will someday also turn you down. Then you'll have
nobody, and be unhappy the rest of your life..." "That's the
worst advice I've ever heard!" "Well, I just thought of it five
minutes ago.."　　　　　　　　　　　　　　　　1991.3.5

大志　*Charlie Brown & Linus*

生まれてきたかぎりは
大志を抱いて一度は
ビッグになろうと——
夢見たのはなぜ？

「ぼくの望みはヒーローになることだった
　　でも　間抜けなヤギになっている」
「長い人生　飲まなきゃならない苦い薬もある」
「もう調剤してほしくないけど！」

思い込みは
自由とはいえ
順風満帆とはいかない
足枷がいつもどこかに

方向転換は？
あるさ　きっと
苦難を味わっての栄光
夢のなかに——

"All I wanted to do was be a hero… But do I ever get to be a hero? No! All I ever get to be is the stupid goat!"
"Don't be discouraged, Charlie Brown… In this life we live, there are always some bitter pills to be swallowed.."
"If it's all the same with you, I'd rather not renew my prescription!"
1960.5.26

気楽にね　　Charlie Brown & Linus

一年の終わり
恋の終わり
すべてに終わりがあるならば
始まりはどこにあったのか？

「人生はとても速く過ぎ去ってゆく
　何も成し遂げられない
　どこにも行きつけない
　時間を止めてくれ！」

時間とは
存在の移ろう影
時間のなかに生きるのではなく
時間を生きる——

時間を止めるとは
自分の迷妄を止めること
焦ることはない
いつの日か　必ず止まるさ

"Life is going by too fast for me. I'm not accomplishing
anything… I'm not getting anywhere… I'm not even learning
anything… STOP THE CLOCK!"　　　　1976.2.16

Finale　Charlie Brown & Linus

フィナーレは
華やかならずとも
おだやかに
おごそかに

「忘れっぽくなったって
　おじいちゃん　言ってた
　今はひどい心配事があって
　起こらなかったことを思い出すらしい」

思い出すこととは
過去にあったこと
なかったことは
思い出せないとでも？

思い返すのだな
夢見　憧れ
焦がれた
幻のロマンス

"Grampa was worried that he was getting forgetful.. Now, he
has a worse worry… Now, he says he's remembering things that
never happened.." 1989.2.25

XI

心の反流と交流

Lydia
&
Linus

キャッチボール　*Linus & Lydia*

世界に二種
男と女　＋と－
惹かれあうのは
電気に同じ

「可愛い子って　自分が可愛いこと
　　知ってるものかい？」
「だれかがそう言ってくれればね
　　さあ　どう？」

知るっていうのは
物事の内容を理解し
わきまえること
思うのは我

恋はキャッチボール
だからって　ライナス
相手が必ずしも受け留めるって
ことないんだね

"Do pretty girls know that they're pretty?"
"Only if somebody tells them.. Well?"　　1988.11.14

Joke   Lydia & Linus

少々の年の差でも
年長は年長
ライナスとリディア
ハムレットとオフィーリア？

「きょうは自分をオフィーリアって呼ぶわ」
「タクシーを呼べば？　古いジョークさ」
「古いって言えば　あなた
　私には少し古くない？」

哀れなオフィーリア
尼寺に行けと　さらには
父を殺され　正気を失い
花束を抱いて小川に入水

リディア　きょうは
悲劇を演じたいんだね
いつも幸福のうちに
まどろんでいるから

"Today I'm calling myself Ophelia.."
"Why don't you call yourself a Taxi? It's an old joke.. Did you
get it?"
"Speaking of old.. Aren't you kind of old for me?" "I can't stand it!"
1988.4.15

比喩　　Lydia & Linus

比喩は　世界を彩り
豊かにしてくれる
メッセージの修飾
コミュニケーションの妙

「オルゴールもうひとつ　いつくれるの？」
「見て　ぼくがオルゴールさ
　♪ ラ ダン テ ダ ダン テ ダ ダン ♪」
「ふた閉めて！」

有頂天のあごに
痛烈にヒットしたね
ナルシストに対する
カウンターのメタファー

プレゼントは
自分とでも？　ライナス
拒絶されたさ
比喩を比喩で

> "When are you going to give me another music box? Girls love
> music boxes.."
> "Look at me.. I'm a music box!　♪ La dum te da dum te da
> dum ♪ "
> "Close your lid"　　　　　　　　　　　　　　　1995.10.24

同級生　　*Lydia & Linus*

どこへ行ったのか？
幼稚園の教室の
隣りの席に座っていた
あの同級生

「〝雪のひとひら〟って私を呼んでいいわ
　なぜって？　私のような女の子は
　世界にひとりしかいないから」
「その件に関しては　また改めて」

太古から今日まで
あまた雪は降れども
同じ雪片は世界に
ふたつとない

美しく儚く
希少かつ貴重で
手を差し伸べれば消える──
夢のようだね

"My name is Lydia, but for today you can call me 'Snowflake'.
You can call me 'Snowflake' because there's only one of me in
the whole world!"
"I'll have to get back to you on that.."　　　　　1990.1.5

余り　　*Lydia & Linus*

日々新たに
起こりつづける諸事
自分の思いでは
変わるべくもない現象

「バレンタインあげるわ
　でも誤解しないでね
　愛しているとかじゃないの
　たまたま余ったの　一枚」

余ったままで
行く年　来る年
過ぎていくさ
すべての事象

たまたま余ったカード
いいじゃないか
いま寄り添っているのは
たまたま余った者同志

"Here, Linus.. I want you to have this Valentine.. But don't misunderstand… This doesn't mean I love you or anything.."
"What does it mean?"
"It means I happened to have an extra one left over.."

1990.2.13

XII

世界の宝物　リラン

Rerun

縄跳び　　*Lucy & Rerun*

何はともあれ
最大の謎は
その存在と
その所作

「いいかい　リラン　縄跳びよ
　縄を回して　こんなふうに飛ぶの
　そして何回飛べるか数えるの」
「どうして？」

はたして
なぜであったろうか？
生命だけでなく
遊びをも与えられる存在

さらには　与えられ
受動によって起こった生命が
能動へと急きたてられる
人生という営為

> "See Rerun? It's a jump rope.. You twirl the rope, and you
> jump up and down like this... Then you count how many
> times you jump.."
> "Why?"
>
> 1994.7.27

April Fool   Rerun & Lucy

人間に生まれたならば
言語文化の恩恵を
遅かれ早かれ
享受するもの

「エイプリルフール！」
「最初に何か言わなきゃ」
「何て言うの？」「何でも」
「とてもむずかしい」

リラン　きみの
その発話は
絶対的説明語句
すべてをカバーしうる

さて　こういうことに
しないか？
この世への誕生は
エイプリルフールって

"April fool!"
"You don't say 'April fool' until you say something else first.."
"What should I say?"
"Say anything you want"
"This is too hard.."   1998.4.1

通学　　Sally Brown, Charlie Brown, Rerun & Lucy

リランはきっと
その幼い頭で
この世のありようを
疑っている

「あなたの弟　学校へ行くと決めたようだね」
「心構えを変えたのかな？」
「おしえてくれ！　いったいぼくは
　ここで何をしているんだ」

あがいてみても
隠れ続けることはできまい
ベッドの下もまた
学校同様　牢獄では？

では　何のために何を
しているんだろうか？
通学というよりは
この人生

"I see your little brother has decided to go to school.."
"Well, he's not hiding under the bed anymore.."
"Maybe he's had the change of attitude.."
"Tell me what I'm doing here! That's all I ask! Tell me what I'm doing here!"　　　　　　1998.9.9

第三世界　　Rerun, Lucy & Linus

自己中の姉と
能弁家の兄の弟ならば
切磋琢磨に自己研鑽
奮励努力に悪戦苦闘

「もし兄と姉が変な人だったら
　家族に起こる不運な出来事に
　免疫になるという可能性は
　罪もない3番目の子にあるのかどうか」

自己を核に
世界を構築する
リラン　きみは
すでに哲学者

遺伝子が
ショートしないよう
切り拓くんだね
第三世界

"If you're the third child on a family, and your brother and
sister are definitely weird, I wonder if it's possible for that third
child to develop an immunity to all the unfortunate things that
occur in a family to that innocent third child who…(…) So
much for immunity.."
　　　　　　　　　　　　　　　　　　　　　　　　1998.2.3

対論　　Rerun & Linus

対話も対論も
久しからずや
孤独な人々それぞれの
独り芝居の舞台劇

「人生で学んだ最も大事なことは？
　おじいちゃんに訊いたら
　そう質問されても　返答に
　耳を傾けてくれなかったことだって」

人生の先輩が語ることは
その語りが通じなかったこと
だれの言葉も素通りする
現代社会——

そんなものだとしても
生きてゆくんだね
祖父の訓えの中身も
やはりわからずに

> "Yesterday was my grampa's birthday.. I asked him what was
> the most important thing was that he has learned in his life…
> He said, "I've learned that even when people ask me that
> question, they aren't going to listen!"　　　　1988.12.10

ビー玉　　Charlie Brown & Rerun

野原にはやんわり
風が吹いて
空にはふんわり
小鳥が羽ばたいて

「ビー玉をこんなふうにはさんで
　親指ではじくんだ」
「チェッ！　どうして人生って
　なんでもむずかしいんだ？」

うまくいかないね
リラン
でも　遊びだからね
ビー玉はじき

人生も遊びだって
高名な作家が言ってたさ
やっぱりそうか
むずかしいんだ

"Put the marble in your fingers like this, and then flip it with
your thumb.."
"Rats! Why is everything in life so hard?"

Kill Time   Linus & Rerun   1994.7.28

A famous writer once told
life is a lifelong way to kill time.
So, how shall we handle
our free time like this?

"This is how we shoot the baskets, Rerun. See,
  we bounce the ball a couple of times to get our rhythm..
  Then we flip it through the basket!"
"Why?"

Two pairs of five put the ball
in the opponent's basket,
and the number of points scored
determines the victory or defeat.

Okay, Linus.
How or why shall we deal
with our life like this
rather than the ball games?

* The 2nd stanza from *Peanuts* by Charles Schulz.

暇つぶし

人生は生涯にわたる暇つぶし
とある高名な作家が宣うた
さて　どうしたものか
この暇は？

「ボールはこうしてシュートするんだよ
リラン　何度か弾ませてリズムをつかむ
それからバスケットを通るように投げる」
「どうして？」

五人ずつの二組が
相手のバスケットにボールを入れ合い
得点の多寡によって勝敗を決めるという
あのゲーム

さて　ライナス
どうやってというよりどうしてだったかね
球技はもとより
この暮らしのことは

XIII

自分を生きる愉快な仲間たち

Franklin
Pigpen
Roy
Royanne
Patty
Shermy
Peggy Jean
Violet
Cormac
Eudora
Maynard
The Little Red-haired Girl

反転　　Franklin & Linus

人生はきっと
実践的能動と
基本的主観による
自由と主体の総体

「過ぎ去った年はよくしてくれた
　と　おじいちゃんが言うのさ
　でも　過ぎ去った月と週は
　少し無礼だった　と」

森を見て認識したことは
木を見て認識したことに勝る
月や週より年がよければ
万事安泰

人間万事塞翁が馬
人生はオセロゲーム
今が苦しくとも
いつかは反転する

"My grampa had another birthday yesterday.. He said, 'I have
to admit that years have been good to me. But the months and
weeks have been a little rude !'"　　　　　　　　1990.8.14

熟練　　Franklin & Charlie Brown

ひとはみないずれここから
立ち去るのだとしても
婚姻関係とは
契約社会が生み出した罠

「おじいちゃんとおばあちゃんが
　結婚して50年になる」
「運がいいね」
「熟練って言っているけど」

我慢と忍耐
断念と諦念
熟練が必要だったんだね
結婚生活に――

運より熟練
偶然より必然
熟成して完成するのだとは
わたしたちの生

"My grampa and gramma have been married for fifty years.."
"They're lucky, aren't they?"
"Grampa says it isn't luck.. It's skill!"　　　　1989.9.27

一貫   Patty & Pigpen

だれによっても
侵害されない小径
すなわち　我が道を行く
とはいえ

「汚らしいだけでもひどいものだけど
　靴ひもくらい結んだら？」
「ぼくに何を望むの？
　首尾一貫するなとでも？」

与えられた生命から
生きゆく志による
受動から能動への
転換的志向

いかに生きるべきか？
それはもとより
美学もまた己が主観
その是非もまた

"'Pigpen', It's bad enough that you're as dirty as you are.. But couldn't least tie your shoelaces?"
"What do you want me to be... Inconsistent?"   1956.1.25

自分探し　　Charlie Brown & Roy

人生は自分探しの旅
存在理由を求める彷徨
サマーキャンプとか
ほかの──

「泣いてるの聞いちゃったんだけど
　　どうかしたかい？」
「わかんない　ただ淋しいだけかも」
「ともだちだ！」

思いもしないところに
自己の実存は
あるんだね
他者との関連において

連帯はおそらく
主義主張によってではなく
配慮・関心・気遣い　それに
負のありようによって

"Snif!"
"? Excuse me, but I couldn't help overhearing you crying..
What's the matter?"
"I don't know… I guess I'm just lonesome.."
"FRIEND!!"　　　　　　　　　　　　1965.6.11

舞台裏　Charlie Brown & Royanne

２アウト９回裏
逆転サヨナラホームラン
宙返りを繰り返しながら
家に帰る　チャーリー

「望むなら三振に打ち取れたんだけど」
「では　あのホームランはお情け？」
「そう　ボックスに立っているきみが
　とってもかわいく見えたから」

できすぎた芝居の舞台裏
知らずにすめばよかったことを
わざわざ知らせるひとも
いるんだね

勝利のヒーロー　それは
相手投手の思いやりだったと
そんなことって
あるな　たくさん

"That's what I have to confess, Charles.. I could have struck
you out if I had wanted to!"
"You let me hit those home runs?!"
"I had to, Charles.. You looked cute standing there at the
plate.." 1993.8.19

一対二　　Charlie Brown, Patty & Shermy

思いつめているようで
心配だから
声をかけてみたのさ
そうしたら……

「どうかしたの　パティ？」
「ふたりとも私を愛していないのね
　私のことで喧嘩しないもの
　（ふたり闘う）気分いいわ」

ひとりをめぐって争う
動物の群れにもあったな
勝者が姫を勝ち取りうる
ゲームのような生存競争

そうか
けしかけられているんだね
自己の欲望が
他者の意によって

"What's wrong, Patty?"
"You boys don't love me… You never fight over me!"
"How's this?"
"What a battle!"
"What a struggle"
"That was fine… I feel much better now!"　　　1951.2.3

美学　Patty & Charlie Brown

やっかいなのは
他者から尋ねられ
自己の興味関心の
根拠が問われる質問

「わたし美しいと思う？」
「真の美は内にあるものさ」
「そういう意味で訊いたんじゃないわ」
「美しき顔は朽ち　良き心は太陽と月」

さて　美とは
個人的利害関心から離れ
普遍的永続的価値を志向する
客観知覚による感覚の快

——なんかではなく
パティを好きかどうか
尋ねられたのさ
チャーリー・ブラウン

"Do you think I'm beautiful, Charlie Brown?"
"Real beauty lies within!"
"That's not what I asked you!"
"'A fair face will wither, but a good heart is the sun and the
moon!' I did my best!"　　　　　　　　　　　　1951.1.22

美人　　Charlie Brown & Peggy Jean

ふと背後に
忍び寄っている美女
順番代わろうか？
気おくれなどして

「美人のそばにいるとあがっちゃうんだ」
「そんなのダメよ
　美人だって人間ですもの」
「きみも？」

美は　ひとを
近づけ遠ざける
思いあたる節が
あるだろう？

美人とは
顔や姿の美しい人
心は？
見えないからな

"Would you like to get in front of me?"
"Why, thank you.. But It's not necessary"
"I'm almost sort of nervous around pretty girls…"
"But you must never feel that way.. Pretty girls are human, too.."
"You are?"　　　　　　　　　　　　　　　　1990.7.25

243

侮辱　　Violet, Lucy & Charlie Brown

結婚とは
人間が定めた制度
幻想にも希望にも
なりうる仕組み

「12年もすればひとりの可哀想な娘が
　チャーリー・ブラウンと結婚しようとする」
「どこに住んでいるかもわからないから救出は無理」
「なんらかの警告システムが必要ね」

誹謗中傷　あるいは
名誉棄損　あるいは
軽蔑侮辱　あるいは
嘲笑卑劣　あるいは……

ともあれ　侮辱罪に相当するね
チャーリー・ブラウン
頬に手をあてがっているだけで
いいのだろうか？　もはや

"Just think in about twelve years, some young girl will be
marrying Charlie Brown…"
"It's going to be hard for us to save her when we don't know
who she is where she lives or anything.."
"What we need is some sort of warning system…"
"We could call it 'early warning martial radar'!"
"I can't stand it."
1959.5.6

将来　　*Cormac & Marcie*

ランチタイムには
罪のない言葉の放射
気の置けない同士で
大事な話をね

「マーシーさんはとても美人
　　将来　モデルになれますね」
「ありがとう　あなたは何になる？」
「能弁家！」

大人になったら
何かになるって
義務なら法的拘束
夢ならはかない願い

どちらにせよ
コーマックにマーシー
独自のアイデアで
生き抜くのだね

"I think you're very beautiful, miss Marcie.. When you grow
up, you should be a model.."
"Thank you, Cormac.. What are you going to be when you
grow up?"
"Smooth!"　　　　　　　　　　　　　　　　　　1992.7.22

1816年　　Sally Brown & Cormac

世界史も自分史も
深い傷跡の記録
コーマックが答を
訊いているよ　サリー

「〝1816年に何が起こったか？〟
　　知るはずないでしょう
　　そこにいたはずもありません
　　もしそこにいたら絶対認めません」

1816年は
北欧・北米の「夏のない年」
太陽活動の低下と
火山の大噴火の連続

西洋における最後で
最大の危機だったとも
よかったね
そこにいたはずもなくて

"Psst, Sally… What did you put down for the first question?"
"'What happened in 1816? How should I know? I wasn't there,
but if I had been, I'd never admit it'"
"I'll think of something else"　　　　　　　　1992.10.23

Fish Story　　Eudora & Sally Brown

釣りの自慢話
つい話が実際より
大きくなってしまう
っていう　あれ

「きょうの釣り楽しかった　ありがとう
　　カジキマグロ釣ったってパパに手紙書いた」
「そんな話　信じないでしょう？」
「信じるわよ　私の幸せ望んでいるから」

竿と糸より百億倍重い魚を
釣り上げるという夢だね
お父さんにはすべてが
お見通しさ

片目は泣いてもいいんだよ
ユードラ
もう片方の目で現実が
見えていれば

"Thank you for teaching me about fishing today, Sally…I had
fun! I even wrote home to my dad, and told him that I caught
a blue marlin…"
"Good grief! He'll never believe a story like that!"
"He'll believe it…He wants me to be happy…"　　1978. 6. 24

意義　Eudora, Charlie Brown & Snoopy

はたして
あるのだろうか？
存在するもの
すべてに意義が

「とても行儀のいい犬だったわ」
「どうも　ありがとう」
「犬が誉められるのは
　何もしなかったときだけか」

私たちは何かをしに
この世にやってきた
ちがう？
なら何ゆえ？

何もせぬほうがいいと——
悪事を働くことも
不倫をすることも
防げるからな

"My mother said to tell you that you have a very well-behaved
dog…"
"Thank you.. Thank you very much…"
"The only time a dog get complimented is when he doesn't do
anything!"　　　　　　　　　　　　　　　　　　1980 Sunday

無　　Maynard & Peppermint Patty

ひとさまがするという学問
身につかないから
ときには覗いてみたい
魅惑の世界に思えるのだね

「さてどこから始めようか？
　一番苦手な科目は何？」
「何でも挙げてみて
　それが苦手だから」

他者の手を借りようと
ついに家庭教師を
意欲は学習の始まり
しかし　関心の的は？

すべて　というのは
つまりは　無
では　何なのだろう？
この人生

"Okay, captain tutor, where do we start?"
"Don't call me captain tutor… My name is Maynard… Where
do we start? What do you think your worst subject is?"
"You name it.. I'm worse at it!"　　　　1986.7.23

独り芝居　　Charlie Brown & The Little Red-haired Girl

同じ雨の中とはいえ
苦と楽にも違う
Standing in the rain と
Dancing in the rain

「あれが赤毛の女の子の家　出て来たら
　〝どうして雨のなかに？〟って訊くだろう
　〝え、雨が降ってる？〟ってぼくは言う
　〝あんたってバカね！〟って彼女は言う」

世界は舞台
雨が降ろうと降るまいと
演じなければならぬ
恋煩いの独り芝居

降りしきる雨粒を浴び
木陰に隠れて立っている
心配ご無用
観客はだれもいない

"There's the house where the little red-haired girl lives.. When
she comes out, I'll say, "Good morning." Then she'll say, "Why
are you standing here in the rain?" Then I'll say, "Oh, is it
raining?" Then she'll say, "Boy, are you ever stupid!" Dancing
in the rain is romantic.. Standing in the rain behind a tree isn't
romantic.."

XIV

変幻術士と魔術師

Lucy
&
Snoopy

リスト　　Lucy & Snoopy

存在するものすべての
究極の謎は
ないということではなく
あるということ

「あなたがどうして犬になるって決めたのか
　　いつも不思議なんだけど」
「ずっとリストを見てたんだ
　　他はみな取られていたんだ」

なぜ犬に？　それは
こうも言い換えられる
どうして人間に？
では　どんな生命体がいいと？

どこかで私たちも
きっと見ていたな
リストから他のものが
取られていくのを

"I've always wondered how you decided to become a dog.."
"That's a good question. I remember going down the list..
Everything else was taken.."　　　　　　　1995.8.28

幸福論　　Lucy & Snoopy

誰もがみな
幸福になるよう
生まれてきたのに
このこんな事態はなぜ？

「トラブル続きのこの世界で
　あんただけ幸せでいる権利はないのよ」
「その通り　もっと繊細に
　行動しよう　明日から」

世界が全体幸福にならないうちは
個人の幸福はありえない
とは　宮沢賢治先生の
幸福論であり平和論

でも　一人ひとりが
幸福にならないうちも
世界全体の幸福と平和は
ないのでは？

"STOP IT! Stop it this instant! With all the trouble there is in
this world, you have no right to be so happy!!"
"She's right... I've got to start acting more sensible...
Tomorrow!"　　　　　　　　　　　　　　　　1956.9.27

自分の世界　　Lucy & Snoopy

犬は言葉をもたず
思っていることを
口にすることなどないから
何を考えているのかと……

「話せないのはいいことかもね
　あなたは　きっと　考えもせず
　ずれたことを言って　ひとの話を聞かない
　……これって　私のこと？」

相手のことを思い量る
きみに必要なのは
ルーシー　きっとそれ
自分のことがわかるから

自分のことばかり
考えていると
見えなくなるはず
自分の世界

> "Maybe it's a good thing you can't talk.. You're just the kind
> who talk without thinking, talk out of turn, always say the
> wrong thing, and talk without listening.. Or am I describing
> myself?"

新作　Lucy & Snoopy

芸術家にとって
重要な要件は
何をも模倣しない
進取の気性

「新作に６桁の値段が
　ついたんだってね
　どういう数字か訊いていい？」
「000,000」

斬新で意表を突く
モニュメンタルな作品は
どの時代においても
最初は敬遠されるもの

めげることはないわけだ
書き継いでいくだけだから
６桁の０の上に
数字が乗るまで

"I heard you got a six figure offer for your next book. May I
ask what the six figure was?"
"000,000!"
1991.7.12

255

配札　　Lucy & Snoopy

大空仰ぎ
心をひらく
雨の日なら
胸のうちに陽を灯し

「ときどき　どうしてあなたは
　　犬なんかでいられるのか不思議」
「何はともあれ　配られたカードで
　　勝負するしかないのさ」

問いは
問い返されるはず
どうしてあなたは
人間なんかでいられる？

生命あるものすべて
配られた命を生きてゆく
美学と言うのかもしれない
それを　悲哀とも

"Sometimes I wonder how you can stand being just a dog.."
"You play with the cards you're dealt.. Whatever that means"
1991.10.4

退場　*Lucy*

それにしても　やはり
なぜであったか？
この私という
光り輝く存在

「いないほうがいいって
　思われているときはちゃんとわかるわ
　ドアを閉めて出て行くわ
　出てドアを閉めるか　どちらかよ」

せっかくこの世に
出現してきたというのに
いずれ退場しなければ
いけないとは──

さて　どちらが
先であったか？
出て行くのと
ドアを閉めるのと？

> "I know when I'm not wanted! I'm gonna slam the door and
> leave! I'm gonna leave and slam the door! One of those things!"
> 1988.2.19

Flashback 6

Writing   Lucy & Snoopy 1993.7.26

You're writing a novel,
Snoopy, aren't you?
And so our daily lives
are passing by.

"You know what's wrong with your story?
 It's unbelievably boring!
 A person could fall asleep reading it.."
"I fell asleep writing it!"

There's no reason why that shouldn't be the case.
What could have happened in this world
are gentle and creative activities
of the lives that once weren't there.

Facing toward your typewriter
you are creating a longing
that cannot be fulfilled.
It's good, that's it.

＊ The 2nd stanza from *Peanuts* by Charles Schulz.

執筆

小説を書いてるね
スヌーピー
そうして暮れてゆく
わたしたちの暮らし

「あなたの小説　どこが悪いかわかってる？
信じられないくらい退屈なのよ
読むひとはきっと眠りこむわ」
「ぼくは書いてて眠りこんだもんね」

それでいけないわけはないさ
この世にありえたことは
もとよりなかった命の
おだやかで創造的な営み

タイプライターに向かって
叶えられないあこがれの
物語を書き継いでいる
いいんだね　それだけで

XV

学術派と知能派

Linus
&
Snoopy

風雅　Linus & Snoopy

多種多様な
命の饗宴
共生と共存の
はかりごと

「犬は雲を眺めたりはするかい？」
「口がきけたら　雲や鳥や月など
　どんなに眺めているか
　　言ってやれるのだが……」

花鳥風月
侘びに寂び
風雅の道が
スヌーピーにも？

生命のありようは
種ごとに異なり
この世をわたる
哀切もきっとまた

"Do dogs ever look at clouds?"
"If I could talk, I'd tell you how we look at clouds, and birds,
and the moon and everything, but dogs can't talk.."
"I guess dogs never look at clouds.."
"Stupid kid!"　　　　　　　　　　　　　　　　1998.7.18

未到　　Linus & Snoopy

記憶にある？
生まれ出たとき
未知の相へと自己が
現出した驚きと慄き

「人生は驚きだらけだという
　何もかも見尽くした
　と思ったそのとき
　そうじゃなかったと思い知らされる」

問いを尋ねて何千里？
何ゆえの旅路？
知り尽くすことも
悟ることもない

苦難の果て
ゴールが見えた
と思ったそのとき
何も知ってはいないのか

"Life, as they say, is full of surprises. Just when you think you've
seen everything… You realize you haven't."　　　　1982.2.1

·心配事　　Linus & Snoopy

今日の次に明日は
やってくるのだろうか
今日の前に昨日があったように
それは自明のことであろうか？

「うらやましいね　スヌーピー
　何も心配する必要がないとは
　世界の未来も　インフレも……」
「次の食事はどこから来るのか心配」

不安が存在を屹立させると
ハイデガーが述べている
心配事がないことが
むしろ心配

世界は多様な
心配の集合体
かかえているさ
平気な人も　心配事

"I envy you, Snoopy... You don't have to worry about
anything! You don't have to worry about the future of the
world or about inflation or about ANYTHING!!"
"I wonder where my next meal is coming from!"　　1959.7.28

良心　Linus & Snoopy

安心毛布に包まれている
ライナスの足元に
スヌーピーが忍び寄る
獲物を狙うように

「1インチでも近づいてみろ
　一生後悔することになるぞ……
　おかしいね　ひとはときどき
　本気じゃないことを言うんだ」

役者であり演出家でもあるライナス
きみは本来はヒューマニスト
良心のありかに気づいたね
それは——

シェイクスピア劇にあるような
深淵なる世界
演じてみるのだね
どこまでも

"Move one inch closer, you stupid beagle, and you'll regret it
for the rest of your life! Isn't it odd how we all say things now
and then we don't really mean?"　　　　　　　1994.10.8

欲望　　Linus, Snoopy & Carlie Brown

井上陽水が
カーリーヘアを揺らし
歌っている
限りないもの　それは欲望…

「一生懸命働いて　欲しかったものすべて
　手に入れたら　満足だろうか？」
「飼い犬に好かれなかったら
　そうじゃないだろうね」

欲望がなければ
生きられないのに
叶えるべき欲求は
限りなくある

叶えられたら
次のターゲットへ向かう
その自己充足性が
理不尽なのだけど

"If you work real hard, and you get everything you've always
wanted, is it worth it?"
"Not if your dog doesn't like you.."

躾　Linus & Snoopy

学校は躾（しつけ）の場だって
きかされたものさ
躾とは
身を美しくすること

「毎朝　躾学校へ行ってるんだって
　古いことわざがあるよ
　〝恐怖が服従を生む〟」
「それとごはん皿がね」

犬にも躾　しかし
躾は恐怖を生み
恐怖は服従を生む
何のために？

何ということはない
主人が権力者であるように
アイデンティティーの
保証のためでしょう

"I hear you've been going to obedience school again every morning.. There's an old saying, 'Fear keeps men in obedience'"
"That and the supper dish"

創意　Linus & Snoopy

今日を明日へと
つないでゆくには
それぞれ目標が必要
日々を丁寧に創りゆく——

「きみの人生はとても独創的
　　でも　気になるんだけど
　　どうやって生き延びているの？」
「犬固有の知能によってさ」

生きるとは
自らの創意と工夫によって
日々を暮らすこと
それ以外に何か？

独創的創造力が
生きる推進力
どの種もどの個も異なるさ
創意と協同のオリジナリティー

> " Your life is different, isn't it? I've often wondered how you
> cope.. I mean, How do you survive?"
> "Dog brains.."

XVI

永遠の友情

Charlie Brown
&
Snoopy

友愛　　Charlie Brown & Snoopy

陽射しを浴びて
くつろいでいる
雨の日なら？
陽射しを待ちわびる

「少年と犬の友情は美しい
　世界中の何より
　おたがいが大切って
　知るのは感動的だね」

眼に見えないものは
お金では買えない
内省　鑑賞　認識　享受
友人間の情愛

未到の世界は
宇宙探索で立ち上がるより
孤独×孤独が
友愛であること

"The friendship of a boy and his dog is a beautiful thing.. It touches me deeply to know that we mean more to each other than anything in the world.."　　　　1989.6.29

花模様　　Charlie Brown & Snoopy

脳裡に訪れる
幻想と夢想
食べて寝るだけが
人生ではないと――

「ごはん皿に小さな花を描いたんだ
　　人生が現実より興味深いという
　　幻想をきみに与えるために」
「思いやりが深いね」

犬もまた　　日々
食べるために使う皿
色彩を添えたのさ
花々で

彩りとは思いやり
描いたのは飼い主
人生とはそもそも
その花模様かもしれない

"See what I did? I painted little flowers on the side of your
supper dish. It's to give you the illusion that your life is more
than interesting than it really is…"
"How thoughtful."　　　　　　　　　　　　　　1982.6.29

薫風　　Charlie Brown & Snoopy

春風薫る
小屋の屋根
どう展開したかい
きみの大作

「悪いけど　ごはんは
　　4分ほど遅れるよ」
「すべての偉大な作家同様
　　私も苦難に苛まれている」

死活問題ともなる
食事事情とはいえ
優雅に苦悩する
きみはコスモポリタン

待てば海路の日和あり
待つことの労苦も
来ることの喜びも
生きていればだね

"I hate to tell you this, but your dinner is going to be about
four minutes late.."
"Like all great writers, I have known suffering."　　1991.7.11

契約　Charlie Brown & Snoopy

結ばれあい　助けあい
生を全うしうるのは
共利共生と
臥薪嘗胆の魂胆ゆえ

「朝ごはんになると以前はそこらじゅう
　喜んで踊りまわったじゃないか……」
「若気の至りを思い出させたい奴って
　どこにでもいるんだね」

生き物はすべて
関係性のうちにあるもの
奉仕と約定　ほか
すべては契約のバランス

きみとわたし
飼い主と飼い犬
苦も楽もともに
享受する世界では？

"You used to dance up and down and all around when it was
suppertime.."
"There's always somebody ready to remind you of the dumb
things you did when you were young.."　　　　1988.4.2

優と柔　　Charlie Brown & Snoopy

優柔不断は
他者を悲しませ苦しめる
優しさも
恋の成就には邪魔

「ひとりの子に
　ほかのもうひとりより
　きみが好きだって
　傷つけずに言える？」

〈女がほしければ奪うのもいい〉
と茨木のり子の詩にあるが
弱気を排し
強気を装ったとしても

叶わない恋心
眩しい幻の子が
胸のうちにだけ
存在しているから

"I mean, how can you tell one person you like her more than
the other person without hurting that person's feelings?"
"If it were a mouse and a cat, I'd have no trouble at all!"

1991.1.4

ゴルフ　Charlie Brown & Snoopy

18のホールを設けた競技場で
クラブでボールをホールに打ち入れ
順次にホールを追って回り
総打数の少ない者を勝ちとする

「ゴルフの神様がきみに一度も
　ホールインワンを許さないのは不思議だね
　どういうことなんだろうなあ」
「新しいゴルフの神様が必要ってこと」

草木を一掃し
自然破壊とも言われているが──
何かい　スヌーピー
他にやることがないとでも？

青空に向かって
スウィングするんだね
どこかにおわします
新たな神を迎えようと

"I find it strange that the golfing gods have never allowed you
to make a hole-in-one... I wonder what does that means.."
"It means we need some new golfing gods.."　　1990.2.23

二度目の人生　　*Charlie Brown & Snoopy*

井上陽水が
ギターをかき鳴らし
歌っている
ああ　人生が二度あれば……

「眠れずに思うことがある
　　もう一度生きられたら
　　人生は違うものになるだろうかって」
「それは斬新な着想だな」

人生が二度あれば
二度生きるかい？
違う人生　違う喜び
異なる問題　異なる苦しみ

いずれにせよ
それはともあれ
きみの代わりに
ほかの誰かが生きてくれるさ

"Sometimes I lie awake at night, and I wonder if my life would
be different if I had it to do over… Then a voice comes to me
out of the dark that says, 'Boy, there's an original thought!'"

キャンプ　　Charlie Brown & Snoopy

自然と触れ合う
野外の生活
ルーティーンからの
いっときの冒険

「女の子って理解しがたいな
　キャンプに行けばぼくが淋しがるはずだって」
「ときどきまったく理解できない
　クッキーの箱に出会うことがある」

理解しがたい事象は
ほかにも？
宇宙大に広がりゆく
妄想　夢想

交叉することはない
誤解の数々
ほら　月へと放射される
あのふたりの思いも

"Just because those girls went away to camp, they thought I
should miss them. Girls are hard to understand"
"They're like cookies.. Every now and then I'll come across a
box of cookies that I just don't understand at all.."　1991.7.19

予言　　Charlie Brown & Snoopy

ポピュリズムの横行
国民投票とフェイクニュース
自国第一　専制主義
軍事発動　他国侵略

「飲み過ぎ？　ひどい顔してるね
　それから徹夜のダンスで？」
「1984年に聞かされる
　オーウェルの冗談のせいさ」

核戦争を経た1984年
世界は３超大国によって分割統治
紛争地域では絶えまない戦争
物資の欠乏と思想・言語の統制

飲み過ぎて
踊り明かしている場合じゃない
過ぎ去った冗談が
復活しているとでも？

"You look terrible."
"Drank too much Root beer last night, huh? …And then you
stayed up all night dancing.."
"That wasn't it at all. …It's thinking all the George Orwell jokes
we're going to have to listen to in 1984…"　　　　1984.1.1

薔薇の香り　　　Charlie Brown & Snoopy

大いなる人生
多様なる人生
ゴルフが必要なのか？
ひとによっては

「人生を歩むには　立ち止まり
　薔薇の匂いをかぐゆとりを持たねばならない」
「ほっといてくれよ　薔薇はみな
　区域外に植わってるんだ」

絶対的な訓えは
ないとしても
教訓もまた
必要不可欠なり

存在が輝くのは
無我夢中のうちにあるとき
自らが在ることさえ
脳裡にはない

"Walter Hagen said that as we go through life, we should take
time to stop and smell the roses"
"Forget it.. The roses are all out of bounds!"　　　1991.2.6

踊り明かして　　Charlie Brown & Snoopy

あまくとろける
ダンスがなかったら
世界はどんなにか
窮屈で退屈か

「ぼくはダンスを楽しんだのに
　きみは気分が悪くなるんだから──
　パンチの飲み過ぎだよ」
「食べ過ぎ飲み過ぎ踊り過ぎさ」

パティとマーシーとで
楽しかったんだ
そうか　二枚目は
グロッキーか

踊り明かして過ぎるのさ
この世の時間
お迎えはいつか　必ず
やってくるから　必ず

"Sure, thee I was having a good time at the dance, and then
you had to get sick.. Someone said you probably drank too
much punch.."
"I ate too much, I drank too much.. And I danced too much…
Let's do it again tomorrow night.."　　　　　1998.5.27

一日の始まり　　Charlie Brown & Snoopy

陽は沈み　陽は昇り
始めるよ　一日
いつもの日課
ときおりの歓びは？

「動いたら起こしちゃう
　動かなけりゃ学校に遅刻する
　ぼくの犬は何を考えている？」
「今が一日で一番好きな刻」

朝が来ても
小鳥が囀っても
夢見心地なのは
布団の足元

眠りほうけるがいい
夢のように目覚めて
通り過ぎるのさ
この人生

"If I move, I'll disturb my dog.. But if I don't move, I'll be late
for school.. I never know what to do.. And I never know what
my dog is thinking.."
"This is my favorite time of day.."　　　　　　　　1994.10.19

Flash Back 7

Sunset   Charlie Brown & Snoopy 1990.7.18

When you look back over the past,
evening glow can be seen all the time.
One scene of the world
generated without noticing.

"I don't know.. I always feel sort of sad
  when I see the sun go down…"
"Like when you've eaten
  the last cookie.."

No one knows
about the last time
though it's always snuggling
close to our backs.

As I've foolishly grown senile
after dancing all last night,
after all, it will be wise of us
to close a party of our lives.

　　＊ The 2nd stanza from *Peanuts* by Charles Schulz.

夕焼け

振り返れば
いつも夕焼け
知らずに現成していた
世界のひとコマ——

「どうしてかなあ　陽が沈むのを見ると
いつも悲しくなる」
「クッキーの最後のひとつを
食べ終わったときのようにね」

最後のときを
誰も知らない
いつも背後に
寄り添っているのに

踊り明かした昨日から
呆けた今日の私のように
お開きにするんだよ
人生というパーティー——

XVII

意のまま気ままの変身

Snoopy

Your Story　Snoopy

売れたことがないけれど
書き続けるんだね
スヌーピー
自称畢生の傑作群

「びっくりプレゼントだよ……
　眠る前にぼくの有名な小説
　『暗い嵐の晩だった』から
　何か少し読んであげよう」

とはいえ
ビーグル隊は
読み聞かせる前に
すでに熟睡

いいんだよ　それでも
いまここに　きみの物語を
聞こうとしている者が
独りいるさ

"I have a surprise for you.. Before we all go to sleep, I'm going
to read a little from my famous novel, "It was a dark and stormy
night.""　　　　　　　　　　　　　　　　　　　　　1993. 5. 14

食文化　　Snoopy

他の生命体を喰い
生存を継続する
弱肉強食のありようは
文化なのだろうか？

「朝ごはん　これが人生のすべて？
　これがボクという存在の総計？
　ボクは食べるために生きているのか？
　いつか考えなくちゃ（……食べる）」

食べるために生きるのか？
生きるために食べるのか？
悩む前に食べなきゃならない
それにしても――

生きるにはほかの生命体を
食べなきゃならないとすれば
この世界は　やはり
そもそも悪党軍団の群れ？

> "Suppertime… Is this all there is to my life? Is this the sum-
> total of my existence? Do I really just live to eat? Is that all I'm
> really good for? I must think about that sometime…"
> 1990.7.18

－と＋　　Snoopy

いまここという世界から
未到の相へと
内省を繰り広げる
とはいえ

「午前３時に考えたことを
　次の日の正午に考え直す
　すると……
　違った答が出てくる」

見る角度によって
見られるものが変容する
見る方法によっても
見る時刻によっても

客観とは無縁の
主観の迷妄
－　　が＋にも
＋　が－にも

"If you think about something at three o'clock in the morning
and then again at noon the next day, you get different answers.."
1970.7.21

小説家　　Snoopy

きみは閉所恐怖症で
スヌーピー
陽を浴びて小屋の屋根で
きょうも執筆かい？

「もと愛した人よ
　どんなにあなたを愛したことか
　どうしたらきみを忘れられる？
　忘れ方を900まで数えている」

愛していたのは
きみの小説の主人公
数えているのはつまり
忘れ方ではなく描き方

きみの悩みはつまり
恋ではなく物語の進展
どこかで読んだな
そんな小説

"Dear Ex-Sweetheart,
How did I love thee? Let me count the ways. How do I forget
thee? Let me count the ways. I'm up to nine hundred."

1981. 4. 17

食と性　Snoopy

自己という存在に
いまあるのは
食欲と性欲と
ほかには　何？

「夕食を待つ一番いい方法は
　　知らんふりをすること
　　裏口のドアを見ないこと……
　　なのに　いつも覗いてしまう」

人生は待つことの時間
届かない言の葉と
叶うことない夢の総体
たくさんあったさ

いまここにあるのは
飢えた胃袋　せつない胸
それで志向しているさ
いつでも将来を

"The best way to wait for your supper is to pretend you don't
really care.. Never let them know you're anxious.. Don't look at
the back door.. I hate myself.. I always peek!"　　1987.10.22

物語　　Snoopy

決定的な出会い
決定的なすれ違い
どちらにせよ
意のままにならず

「魔法にかけられた夜だった
　二人の見知らぬ者同士は
　ついに出会うことはなかった
　部屋が混みすぎていたのだ」

見知らぬ者同士
関係性は偶然
すれ違えば知らぬまでで
惜しいものは何もないのだが

高みからきっと
見ている者がいる
物語を紡ぐように
運命を操っている者が

"It was an enchanted evening. Two strangers in a crowded room. But they never meet. The room is too crowded."

1991.7.10

前向き　　Snoopy

わからぬままに
歩んできた人生
最終ゴールが見えてきても
答はいずこ？

「人生の秘訣とは
　つねに前向きであること
　しかも肩越しに振り返ること
　ご飯皿が見えるかどうか」

前へ行くためには
振り返り　反省して
過去を清算し
将来に臨むのだね

ご飯皿は比喩でしたか
スヌーピー
希望とか目標とか
生き抜くための

> "'Secrets of Life' Always look ahead. Also, always look back over your shoulder. Make sure you can still see your supper dish."
> 1995.12.9

No problem　　Snoopy

ある　ない　する　しない
人生は二者択一の舞台
幸せも不幸せも
自分の心が決める

「ふたりは結婚することに決めた
　　〈でもぼくは心配だ〉と彼は言った
　　〈きみを幸せにできないだろうから〉
　　彼女は微笑んだ〈どうってことないわよ〉」

ノー・プローブレム
思いやりある言葉だね
光り輝いている世界
未来は白紙さ

問題はないさ
問題はないと思うから
それとも何か
問題があるとでも？

"And so they decided to get married. 'But I worry,' he said, 'that I won't make you happy.' She smiled, and said, 'Hey, no problem.'"　　　　　　　　　　　　　　　　1991.7.9

ゴール　Snoopy

ゴールとは
到達点であり目的
ならば人生に
目的はあるのか？

「もう11月か
　人生は速く過ぎゆく
　だれかが早送りのボタン
　押した？」

人生にゴールがあるならば
勝者とは速く辿り着いた者なのか
遅く着いた者なのか？
それとも──

ゴールがないのだとしたら
目的はないと同じこと
早送りして
視てみなければね

> "Good Grief! Is it November already? My life is going by too
> fast. I think someone pushed the 'fast forward' button."
> 1981.11.9

XVIII

砂漠にて孤高の王者

Spike

逆境　*Spike*

人生には労苦ばかりが多い
なぜか？
味わった者同士でなければ
苦しみも痛みも伝わらない

「小さいとき具合が悪いと
　ママがそばにいてくれた
　うちを出るべきじゃなかったな
　おなかが痛いって　どう伝える？」

放浪とは旅
人生もまた旅
逆境も猛威も
自然の摂理

ではなかったか？
スパイク
いずれ生まれた元へと
帰るために

"When I was little and I didn't feel well, Mom was always there... I
never should have left home.. How can I tell Mom now that my
stomach hurts? I need a fax machine"　　　　　　1992.1.23

砂時計　*Spike*

砂漠にあるのは
空と大地
太陽神が見守っている
ひとつの秩序

「ほらね　これで一時間過ぎたってわかる
　ひっくり返してもう一度見てみよう
　ワーオ　見てごらん　もう一度
　……アホくさい人生だな」

中央のくびれた
ガラス器の小孔から
時間が落ちる？
いや　ただの砂だが

砂漠に置かれた
砂時計とは　シャレ？
そもそもあるのだろうか
時間を計る必要が？

> "See? That means an hour has gone by.. Let's turn it over, and watch
> it again.. Wow! Look at that! Okay, now we'll turn it over and watch
> it again.. I lead a dumb life!"　　　　　　　　　1998.7.21

岩と砂　　*Spike*

見渡す限り
砂の世界
ほかには仙人掌(サボテン)と
無数の小岩

「ときどき
　不思議に思う
　こんなにも砂が
　ほんとうに必要なのかって」

砂は砕ける
岩石のかけら
乾燥気候ゆえに
草木が育たない

不思議なのは
量はむろんのこと
どこからやってきたのか？
岩と砂　それにスパイク　きみ

"Sometimes I wonder if we really need all this sand.."　　　1996.8.8

荒地　　*Spike*

日々過ごす
無為と無情
日々過ぎゆく
摂理と道理

「こんな荒れ地で一生を過ごすのは
　間違いだろうか？
　きみに訊いても
　無駄なんだけど」

足早にみな
どこへ行く？
荒野とはこの地上
桃源郷などどこに？

間違いの根本とは
生まれてしまったこと
それ以外　ほかに
何か？

"It's hard to know just what to do… I wonder if it's a mistake to spend your whole life out here on the desert.. Of course, you're probably the wrong one to ask.." 　　1987.12.5

退屈　*Spike*

慌ただしく過ぎゆく現代
とはいえ
いまここに存在するそれ以外
重大なことがあるとでも？

「岩でいるってのは退屈かい？
　つまりぼくの生活と比べ──
　独り荒野に座り
　きみに話しかけているような」

どちらがより退屈かを
知る術がない
岩はその存在を
この地に示しているだけ

桃源郷かもしれない
ただあるだけの場
退屈を感じうる
人っ子ひとりいない荒野の世界

"Do you find that being a rock is boring? I mean, compare your life
with the life I lead.. Sitting alone in the desert talking a rock.."
1988.7 22

一期の夢　*Spike*

世捨て人によって編まれた
『閑吟集』にはこうある——
〈何せうぞ　くすんで
一期は夢よ　ただ狂へ〉

「走ったり跳んだりきみにはできまい
　　しかしきみは　ぼくの生まれる前から
　　死んだあとにもここにいる
　　なんだか走るのも跳ぶのもむなしい」

陸上競技を見れば
了解できるね
走るのも跳ぶのも
人類の享楽

夢のごとき一期であれば
やはり　スパイク
走ったり跳んだりして
幸福なのではなかったか？

"I can run and jump and do a lot of things you can't do.. You were here before I was born, and you'll be here after I'm gone… So much for running and jumping"　　　　1989.3.2

Death　　Andy, Spike & Olaf　1994.2.16

We live between
birth and death.
For the birth of new life
old life is dying.

"Our brother seems to be sleeping all night.."
"I've been thinking.. Do dogs go to heaven when they die?"
"When they what?" "When they die.."
"I didn't know we die!?"

Yes, we do.
Living things
all die.
Why?

If we don't die,
the earth will overflow
with the new lives
that are going to be born.

　　＊ The 2nd stanza from *Peanuts* by Charles Schulz.

死

誕生と死のあいだを
わたしたちは生き
新しい生命が生まれるために
古い生命が死んでゆく

「スヌーピーはやすらかに眠っている
犬って死ねば天国に行くのかなあ」
「どうしたらだって？」「死んだらさ」
「死ぬの　ぼくら？」

そうさ
命あるものは
すべて死ぬ
どうしてかって？

死ななければ
生まれてくるものたちで
あふれてしまうからさ
この地球

奇想天外なる冒険

Snoopy
Spike
Beagle Scout
Woodstock
Olaf

ダイアローグ　　Snoopy & Spike

相対して心を開き
ことばを交わすこと
それ以外にひとの
交流って何かあった？

「可哀想に　スパイク
　サボテンに話しかけるようになった
　物に話しかけ始めたらおしまいだ
　──やあ　お皿くん　元気？」

だれもいないのさ
独りきりの砂漠には
それで　自分以外だれに
話しかければいい？

正論は正しく眩しい
しかし　この書き手もまた
パソコン画面に
向かっている──

"Poor Spike.. He gets so lonely out there on the desert, he
starts talking to the cactus.. It's a bad sign when you start
talking to things… Hi, dish.. How have you been?"

1988.6.18

詩作　　Spike & Snoopy

栽培が禁じられている
ケシという越年草
ひともまた
そうでなければいいのだが

「このあたりにケシがたくさん生えている
　ケシの詩を書こうかと考えてるんだ
　〝どこその野にケシ咲いて……〟
　居場所が不明なので完成できない」

送り込まれているのだから
わからないのは当然
花の咲いている場所
自分の立ち位置

何はともあれ
いいことではないか？
書こうという意志
生き延びる覚悟

"There are a lot of poppies growing around here.. I've been
thinking of writing a poem about them.. 'In such and such
fields the poppies blow..' I can't finish it because I don't know
where we are.."　　　　　　　　　　　　　　　　　　　1998.7.29

乾杯　　Spike & Snoopy

兄弟だからな
旧交を温める手段は
何はともあれ
ルートビア

「故郷にガールフレンドがいたんだが
　　手紙をくれなくなっちゃった」
「もう手紙をくれないすべての
　　ガールフレンドに乾杯！」

不可知論に彩られる
相手がある関係性
流動し変容する
相互存在性

ペシミズムより
オプティミズム
いいな
その心構え

> "Another root beer for my brother Spike, s'il vous plaît.."
> "I had a girl friend back home, but she's stopped writing to me.."
> "Here's to all the girl friends who don't write to us anymore.."
> "Rats!"　　　　　　　　　　　　　　　　　　　　1998.7.28

詩作品　　Snoopy & Spike

詩はもとより
すべて藝術は
独創性が肝要
新機軸が命と

「言いたくないけど　他の部隊の誰かが
　　似たような詩を書いたよ
　　〝フランドルの野にケシの花咲く……〟」
「ではケシをヒマワリに変えよう」

ヒマワリとケシでは
天と地の違いとはいえ
花の名を変えることが
きみの独創？

誰でも書くような
詩はダメなのさ
それならば　スパイク
この詩は　どう？

> "I hate to tell you this, but someone in another outfit has
> written a poem something like yours.. 'In Flanders fields the
> poppies blow..'"
> "I'll change mine to sunflowers.."　　　　　　　　1998.8.1

登山　Snoopy & Beagle Scout

男女の色恋ばかりじゃなく
冥利につきる事の次第——
近松門左衛門の「曾根崎心中」
幸福はあの世にあるんだって

「なぜ山に登るかと訊かれたら
　そこに山があるからと答えればいい
　だれも訊かなければ？
　だれも訊かないさ」

煩悶と苦痛のみ
体感しても
山登りも人生も
同じようなもの

生きるのは
いまそこに生があるから
幸せがここに
あるから……

"And when they ask you why you climbed this mountain, just say, 'Because it was there!' Well, if nobody asks, nobody asks.."
1988.6.29

山飛行　Snoopy & Beagle scout

山登りの途中に
誰も通っていないような
古い吊り橋があって
さて　どうするのさ？

「この橋の高さは千フィート
　気をつけろよ
　落ちたらどうする？」
「別に何も　ぼくたち飛べるもの」

落ちることを
知らない生物もいたんだな
飛ぶことを知らない
生物もいるように

飛ぶことが魅力的だと
空想できるように
歩くことも魅力的だと
思えるとは——

"This bridge must be a thousand feet high! Be careful! What
would happen if you fell?"
"Nothing.. We can fly!"
"Big deal!"

1980.7.4

山登り　　Snoopy & Beagle scout

生きるには
谷あり山あり
嵐あり凪あり
苦あり楽あり

「なぜあの山に登ったかと尋ねられたら
　そこに山があったからと答えるだろう？
　　ちがう？　じゃなぜ？」
「そうさせられたから」

やっぱり登るのか
山
なかったら
登れないからね

人生と　いや
鳥の生と　同じだね
不思議なことは
強いられた生

"Years from now you'll be asked 'Why did you climb that mountain?' Then you will reply, 'Because it was there!' You won't? What will you reply?"
"Because he had made us!"　　　　　1980.7.3

無限旋律　　Snoopy & Woodstock

早春の庭に
草木が輝いて
不意に訪れる
妖精たちの声

「春の朝　きみが囀るのを聴いて
　人々はとても幸せになる
　きみは真の奉仕を行っている
　ゴールドレコードが贈られるべき」

高貴なものは
すべて無料
幸せは他者からの
無償の奉仕

無為自然における贈り物
風と光の無限旋律
賞などは　スヌーピー
不要なのでは？

"And when people hear you singing on a spring morning, it
makes them happy.. You perform a real service.. That's true..
They should give you a gold record.."　　　　1996.3.9

春の陽   Snoopy & Woodstock

春の陽はおだやかに
風　そよそよと
犬と鳥が寄り添って
何を語らう？

「恋に落ちるだろ　すると
　世界がまったく違うものになるんだ
　空はより青く　鳥の歌は
　(……) 違うよ　もっと甘く」

恋とは
いまここにないものに
強く惹かれ
せつなく想うこと

変容する自らの想念世界
とはいえ
飛び立てないんだね
思いが宇宙大に彷徨うから

"People fall in love, see? And when they fall in love, the whole
world seems different! The sky seems bluer.. The grass seems
greener and the songs of the birds seem sweeter.. No… Sweeter
Sweeter.."

生命種　　Snoopy & Woodstock

謎であるのは
生命として
存在しうる
本源的属性を持つ種

「驚異をおぼえないかい？
　犬がこの惑星で最高の生命だってこと
　犬がこんなに完璧だってことに
　（……）鳥は何事にも驚異を感じないんだ」

では　最低の生命形態とは
どの種だろうか？
軍拡　独裁
侵略　テロ

権力と武力により
人を殺戮するだけでなく
地球環境を滅ぼす
人間存在こそ──

"Don't you sometimes wonder how dogs got to be the highest
developed of all life forms on this planet? Don't you ever
wonder how dogs got to be so perfect? Birds never wonder
about anything.."
　　　　　　　　　　　　　　　　　　　　　1988.5.26

ホンク　ホンク　　Snoopy & Woodstock

渡り鳥の技
V字飛行
この世をゆく
協同フライト

「同じ鳴き声を繰り返し　雁が飛んでゆく
　〝ホンク　ホンク　ホンク　ホンク〟
　いや別に　ゲティスバーグの演説を
　期待しているわけではない」

意味は不明
同じように聴こえても
異なるメッセージを
発しているらしい

大空へ交響させるのさ
感謝すべきことは
いまここで　息を空に
吹きかけうること

"Listen to those geese flying over.. 'Honk, honk, honk, honk'
They keep saying the same thing over and over.. 'Honk, honk,
honk, honk..' No, I don't expect the Gettysburg address.."
1995.12.28

ゆったり　　Snoopy & Woodstock

速度の違いは
あるのだろうか？
起きている時間に
眠っている時間

「その通り　過ぎ去る日々は速い
　夜でさえあっという間だ
　ぼくのする通りするといい
　……ゆったり　眠ること」

慌ただしいのは
主観的な心情のせい
異なる速さは
外界を捉える内界

忙しいとは
心を亡くしていること
ゆったりといこうか
時間が存在だから

"You're right.. The days go by too fast.. Even the nights go by fast.. Maybe you should do what I do.. Sleep slower.."
1999.7.19

生命の歌　　Snoopy & Woodstock

花　におやかに
鳥　さえずり
風　わたり
月　しめやかに

「きみが歌うのをこのごろきかないね
　小鳥は歌わなきゃ
　だれもが期待してるんだから
　いやリクエストは特にないよ」

ヒットパレードとは違う
自然の囁き
日によって異なる
音色に旋律

世界は舞台
観客が独りでも
ソプラノで謳おうか
生命の歌

"I haven't heard you sing lately.. Birds should sing.. Everyone
expects it…"
"……?"
"No, I don't have any requests.."　　　　　1999.7.21

飛翔　　Snoopy & Woodstock

海から陸へ
陸から空へ
進化してきた
地球の生命群

「世界はきみのものだね
　飛ぶことのできる空
　そして　何百万もの虫で
　いっぱいの大地」

与えられた命を生きる
それぞれ生き物の──
でも
何のために？

何のためかはわからずとも
舞うたびに
開かれているのだね
世界という未到に

"The world is yours.. A sky to fly in... And a ground filled with
millions of worms!"　　　　　　　　　　　　　　1992.11.3

Goodbye　Olaf

なぜいまここに在るのか
という根源的な問い
いまここを去らねばならぬ
という切実な事情

「さて　兄貴
　もといた場所に戻るとするが
　行く前にひとつ教えてほしい
　ぼく　どこから来たの？」

旧交をあたためたなら
帰らねばならぬのだな
いろいろあったさ
あんなこと　こんなこと

さて　どこから
やってきたのであったか？
また遊びにおいで
この地球に

"Well, brother of mine, I guess I'll go back to where I came
from.. Before I go, maybe you could tell me something.. Where
was it I came from?!"　　　　　　　　　　　1989.1.27

あとがき

　『ピーナッツ』はおもしろい。そして、おもしろいだけでなく、味わい深い。何度も読み返したい思いに駆られ、繰り返し鑑賞するに値するコミックスである。英文を心のなかで朗誦していると、登場する者たちの思惑がくっきりと表れてくる。不思議なことである。大人がだれひとり登場せず、犬や鳥や子どもたちだけの会話による作品であるが、描かれている世界はユーモアにあふれ、しかも深淵である。恋もスポーツも勉学も、何もかもうまくいっている様子はないが、『ピーナッツ』の面々の表情は暗くはなく、むしろ明るい。しょげかえっているチャーリー・ブラウンの表情さえ、いつのまにか明るい表情に戻っている。諸事の不条理にはめげないのだ。だからであろうか、読んでいて励まされるようにも思われるのは。

　『ピーナッツ』 *Peanuts* はチャールズ・シュルツ Charles M. Schulz（1922.11.26 ～ 2000.2.12）氏が、1950 年 10 月 2 日から 2000 年 2 月 12 日まで 50 年間毎日連載したコミックスである。『ピーナッツ』からのメッセージを一言で言い表せば、「気楽にいこうよ」であろうか。人生いろいろあるけどまあいいや、というような気にさせてくれる。哲学書ではないが、世の中の哲理が汲み取られ、ひととひとの関係性はいかに、思いやりは何かなど、逆説的にではあるが多くの問いを発している。さらには、社会学や教育学における諸問題を提起しているように思え、それはなぜであろうかと考えているうちに、16 行詩はでき上がっていったように思う。

振り返ってみれば、『ピーナッツ』とともにあった時間は至福の時間であった。

　刊行に際しては、詩友・いとう柚子さんを始め多くの方々のご厚意に与りました。また、コールサック社・鈴木比佐雄代表には、評論『孤闘の詩人・石垣りんへの旅』及び論考集『言の葉の彼方へ』に引き続き、たいへんお世話になりました。厚く感謝し御礼申し上げます。

　2023年　立春　　　　　　　　　　　　　　万里小路　譲

【参考文献】

The Complete Peanuts by Charles M. Schulz, (26 volumes)
　　Fantagraphics Books, 2004 〜 2016

CHARLES M. SCHULZ　A PEANUTS BOOK featuring SNOOPY
　　①〜㉖　角川書店
Peanuts Special Selection とっておき「スヌーピー」　Vol 1〜7　産
　　経新聞社
Sunday Special Peanuts Series SNOOPY ①〜⑩　角川書店

チャールズ・M・シュルツ著
　　『スヌーピーのもっと気楽に』①〜⑤　講談社＋α文庫
チャールズ・M・シュルツ著
　　『スヌーピーたちののんきが一番』①〜⑦　講談社＋α文庫
チャールズ・M・シュルツ著
　　『スヌーピーたちのやさしい関係』①〜⑤　講談社＋α文庫
チャールズ・M・シュルツ著
　　『スヌーピーたちの心の相談室』①〜③　講談社＋α文庫
チャールズ・M・シュルツ著
　　『スヌーピーコミックセレクション』①〜⑤　角川文庫

解説　大切なものに立ち還らせる試み

万里小路譲詩集
『永遠の思いやり　チャーリー・ブラウンとスヌーピーと仲間たち』
に寄せて

鈴木比佐雄

1.

　誰もが子ども時代に漫画『ピーナッツ』の主人公のチャーリー・ブラウンやその飼い犬のスヌーピーの漫画のキャラクターをどこかで見たことがあるはずだ。その魅力的なキャラクターのことを詩に創り上げ続けて、ついには詩集にまとめる試みが実現された。その山形県鶴岡市に暮らす万里小路譲氏は、詩集『永遠の思いやり　チャーリー・ブラウンとスヌーピーと仲間たち』という類例のない詩集を刊行した。この詩集には二六八篇や「Flashback」英日詩各八篇が収録されていて、一篇は四行四連の十六行詩で構成されている。万里小路氏は高校の英語教師を務めていたこともあり、チャールズ・シュルツのコミックの漫画にある言葉の世界に惹き込まれて長年親しんできた。そのチャールズ・シュルツの精神世界の豊かさをコミック一作に対して、一篇の詩十六行で反歌のように対応させてきたのだろう。

　アメリカの漫画家チャールズ・シュルツの『ピーナッツ』は、一九五〇年十月に国内八紙の新聞で配信連載が開始され、その後に世界中にも配信されるほど人気が高まり、六〇年代にはテレビアニメ、劇場ミュージカル、映画にもされて全て大ヒットした。八〇年代には「史上多くの読者をもつ新聞漫画」としてギネス世界記録に認定された。アメリカの漫画家の最高の栄誉であるリューベン賞（英語版）も受賞した。二〇〇〇年二月にチャールズ・シュルツが亡くなるまでの半世紀で描かれた『ピー

『ナッツ』は、合計一万七八九七作が残されている。日本では一九六九年、谷川俊太郎訳『ピーナッツ・ブックス』（鶴書房）「が刊行開始され、その後も多くの出版社からさまざまなかたちで『ピーナッツ』はシリーズ化されて、出版が続き、二〇一六年に完結した『コンプリート・ピーナッツ』の日本語版が、『完全版ピーナッツ全集』として刊行された。この全集のために訳者谷川俊太郎氏は新たに約二五〇〇作を翻訳したと言われる。この谷川俊太郎訳の『ピーナッツ』によって日本人にも数多くの愛好者が増えたことは間違いないだろう。また一方で万里小路氏のような元の英語版を愛読した人びともかなり存在することが想像できる。『ピーナッツ』の英語はシンプルで分かりやすいが、登場人物たちのキャラクターの異なった価値観が瞬間的に交わされるために、時に禅問答のようにもなり、人間存在の深層を垣間見させてくれる。その意味で単なる子ども向けの漫画ではなく、青年や大人が読んでも様々なことを示唆してくれる、魅力的なテキスト・作品になって愛読されている。

　今回、万里小路氏から解説文の参考になるようにと送られた「ピーナッツ」の主なキャラクターを紹介した私信があったので、それを下記に参考のために紹介しておきたい。

《チャーリー・ブラウン Charlie Brown／何をやってもダメ。しかし、野球好きで心やさしい男の子。赤毛の女の子には永遠の片想い。一方、ペパーミント・パティとマーシーに好かれていることに気づかない。あるいは、気づいていないふりをしている。
サリー・ブラウン Sally Brown／チャーリー・ブラウンの妹。学校が嫌いで、苦手な宿題を兄に押しつけるチャッカリ屋。

おませで気が強く、物事を何でも簡単に解決しようとする。
我流哲学は護身術のひとつ。

ペパーミント・パティ Peppermint Patty／勉強はまったくトンチンカン。しかし、スポーツは万能で、特に野球が大好きな男まさりの女の子。授業中の居眠りは名人芸と言えるほど堂に入っている。

マーシー Marcie／運動は苦手であるが、勉強はよくできる剽軽な優等生。ときどき突飛な行動を取る。何ゆえかスポーツウーマンのペパーミント・パティを尊敬しており、彼女を「サー（先輩）」と呼んでいる。

ルーシー・ヴァン・ペルト Lucy Van Pelt／世界は自分を中心に回っていると思っている超利己主義者かつ弁舌家。しかし、シュローダーには片想い。だが、あきらめない。あきらめるわけがない。

シュローダー Schroeder／聖ベートーベンを愛し、おもちゃのピアノを弾く音楽家。ルーシーの存在は眼中になく、そのしつこい求愛をサッとかわす。

ライナス・ヴァン・ペルト Linus Van Pelt／姉のルーシーの意地悪な仕打ちにもめげず、安心毛布が手放せない。一方、記憶力は抜群で聖書の重要な部分などを暗記している。学術派の切れ者。

リディア Lydia／ライナスを年寄り扱いする可愛げな女の子。とぼけの天才。

リラン・ヴァン・ペルト Rerun Van Pelt／幼い世界の宝物。ルーシーとライナスの弟。

フランクリン Franklin／思いやり深く、しきりにおじいちゃんのことを昔話のように語る。真面目で誠実な男の子。

ピッグペン Pigpen／都会に暮らすはぐれ者。汚れを吸い寄せる変な力があり、いつもホコリまみれである。しかし、心は清浄で誇り高い。

　ウッドストック Woodstock／渡り鳥でスヌーピーの親友。ワシのように飛びたいと願っている。が、いつも挫折する。おっちょこちょいな仕草は、愛敬たっぷり。

　ビーグル隊 The Beagle Scouts／隊長スヌーピーが率いるスカウト隊。隊員はウッドストックとその仲間の鳥たち。気ままな行動で珍騒動を繰り広げる。

　スパイク Spike／スヌーピーの兄。はぐれ者の超俗が哀切感をそそる苦労人。サボテンを相手に砂漠で独り暮らす。

　スヌーピー Snoopy／チャーリー・ブラウンの飼い犬。スポーツ万能。売れない小説を書きつづけているが、想像力豊かで変装の達人。The Beagle Scoutsの隊長。Olaf（オラフ）やAndy（アンディ）など多くの兄弟がいる。》

2.

　本詩集は、「本書の成立と構成」から始まる。その①の冒頭を引用する。「本書は4行の連を4つ従える16行詩の集成となっているが、第2連はすべてチャールズ・シュルツ氏によるコミックス Peanuts『ピーナッツ』からの引用である。引用にあたっては、作品における吹き出し部分（英語による会話文）を日本語の私訳によって4行に構成している。」と四連四行十六行詩の約束事を記している。さらに十六行の後に二連の意訳又は超訳の基になった原文の日付入りで引用している。その原文は分かりやすい英語だが、言外に深い思いが秘められていて、万里小路氏がなぜこのように意訳して、シュルツの他者への「思いや

り」を探究していったかを想像することも十六行詩の魅力を倍増させるだろう。

　各章は「Ⅰ　永遠のアンチヒーロー　Charlie Brown」、「Ⅱ　我流哲学でいこう　Sally Brown (& Snoopy)」、「Ⅲ　お人好しとチャッカリ屋　Sally Brown & Charlie Brown」、「Ⅳ　すれ違う恋心　Peppermint Patty & Charlie Brown」、「Ⅴ　居眠り女王の国　Peppermint Patty (& Franklin)」、「Ⅵ　世界を漫談で満たせ　Peppermint Patty & Marcie」、「Ⅶ　恋はあきらめない　Lucy & Schroeder」、「Ⅷ　光と影　Lucy & Charlie Brown」、「Ⅸ　光の女王と豆哲学者　Lucy & Linus」、「Ⅹ　めげない意志　Linus & Charlie Brown」、「ⅩⅠ　心の反流と交流　Lydia & Linus」、「ⅩⅡ　世界の宝物　リラン　Rerun」、「ⅩⅢ　自分を生きる愉快な仲間たち　Franklin, Pigpen, Roy Royanne, Patty, Shermy, Peggy Jean, Violet, Cormac, Eudora, Maynard, The Little Red-haired Girl」、「ⅩⅣ　変幻術士と魔術師　Lucy & Snoopy」、「ⅩⅤ　学術派と知能派　Linus & Snoopy」、「ⅩⅥ　永遠の友情　Charlie Brown & Snoopy」、「ⅩⅦ　意のまま気ままの変身　Snoopy」、「ⅩⅧ　砂漠にて孤高の王者　Spike」、「ⅩⅨ　奇想天外なる冒険　Snoopy, Spike, Beagle Scout, Woodstock, Olaf」の十九章から成り立ち、ある意味で作者チャールズ・シュルツの感性や知性への問いかけに対して万里小路氏がしなやかに呼応し作者の思想哲学の解明を試みている。少年少女や生きものたちのキャラクターが対話することで、存在者たちの悩みや喜びや独特な感性が浮き彫りになってきて、生きることで何が幸せかは、人それぞれ違うことが明らかになってくる。子ども同士の会話が、実は人間存在の根源を問

うている哲学的な対話に思えてくるように、万里小路氏は十六行詩の中で表現しようと試みる。

　例えば「Ⅰ　永遠のアンチヒーロー　Charlie Brown」の冒頭の詩「われ思う　Charlie Brown」の一連二連を引用する。

　我思う／ゆえに我あり／とはいえ　物思いの／大半は苦悩でいっぱい／／「ときどき眠れずに問いかける／〝これでいいのだろうか？〟／すると声がする／〝誰に話してるんだ？〟」

　一連目の「われ思う／ゆえに我あり」はフランスの十八世紀の哲学者デカルトの言葉だ。その「我あり」の「我」とは、幾何学のような論理的・科学的思考をする理性的主体を発見した驚きを記したものだ。万里小路氏はこの合理的な思考を追求する「我」以前の、混沌とした悩み多い少年「チャーリー・ブラウン」の「我」が、「物思い」によって「苦悩がいっぱい」になることに人間的な共感を抱くのだろう。

　二連目は万里小路氏が一連を生み出したもとになった漫画の主人公チャーリー・ブラウンが不眠症になるくらいに悩み、「これでいいのだろうか」と呟く原文を記している。万里小路氏は原文のエッセンスを十六行詩の二連目の四行に凝縮して、作者チャールズ・シュルツの真意を解釈しようとしているようだ。「誰に話してるんだ？」とは、「誰」という他者であり、背後に入り大いなる存在に向けて問い続ける作者チャールズ・シュルツであり、その分身のチャーリー・ブラウンがいることに万里小路氏は気付き始めてしまったのだろう。三連目と四連目を引用する。

問いを創出し／問いかけている自分／問う主体は自己で／問う相手は？／／眠れない者／つまり　自分／思い込みは／すべて幻想なのでは？

　三連目では、「物思いの我」が「問いを創出」してしまう存在者であることを自覚してしまう。そのように「問う主体」は決して孤立しているのではなく、「問う相手は？」と言うように、簡単に答えを出さずに問い続ける存在者なのだ。万里小路氏はその「問う主体」と「問う相手」との誠実な関係性に魅せられたのかも知れない。「ピーナッツ」の意味は「落花生や南京豆」だが、英語の他の意味には「ちび公、つまらぬやつ」などの侮蔑の意味もあるようだ。チャールズ・シュルツは、ドイツ系移民で理髪店経営で苦労するけれども子に愛情深い父から影響を受け、第二次世界大戦に従軍した兵士仲間から孤独感を感じたり、家族間の宗派の違いから好きな相手と結婚できなかったり、様々な苦悩や生き辛さを抱えて『ピーナッツ』を作り続けた。そんなチャールズ・シュルツが簡単に答えを出さずに「問いを創出」し「問う相手」と共に生きようとする試みに、万里小路氏は一人ひとりの民衆の尊い姿を投影させる存在だと高く評価してきたのだろう。けれども「問う主体」は時に「眠れない者」になり、「自分の思い込み」は「すべて幻想」であり、それを捨ててしまえばいいのではないかと思い始める。そんな思い悩む「眠れない者」は、いわゆる「アメリカンドリーム的ヒーロー」ではない、真逆のⅠ章タイトルである「永遠のアンチヒーロー」なのだろう。

　Ⅰ章の三番目の詩「それから　Charlie Brown」の一連・二連

を引用する。

　人間は恥ずかしさを抱く存在／他者と自己の関係性は／贈与
と心の交歓にもあり／プレゼントもそのひとつ／／「ぼくの
存在に気づいていない女の子のために／バレンタインキャン
ディ一箱ほしいんです／いいえ　高いのでなくていいんです
／どうせあげる勇気はありませんから」

　この「人間は恥ずかしさを抱く存在」とは「問う相手」を意
識して逆に見つめられる存在のことだろう。これはサルトルの
いう他者のまなざしによる「恥ずかしさ」の意識が、「主体—他
者」の関係を成り立たせことを想起させる。万里小路氏は主体
と他者の相克を生きるというサルトルの実存哲学である「即自
存在—対他存在」をチャールズ・シュルツの『ピーナッツ』の
中に読み取っているかのようだ。一連目は万里小路氏の解釈や
問いを提示し、二連目はそれを生み出したチャールズ・シュル
ツの切実な思い悩む希望や失望感の入り混じった、どこか諦め
を宿した心情の原文を要約した意訳だ。三連目と四連目はそれ
らの問いが続いていて、さらに問いを深めたり新たな展開がで
きないかを模索するのだろう。

　Ⅰ章の最後の詩「他者のまなざし　Charlie Brown」の一連二
連を引用する。

　いかに生きるべきか／だれしも思い悩むもの／むしろ　思い
悩む人生にこそ／意義があるとでも？／／「犬を幸せにする
ために／余生を捧げるつもりです／両親とはまだ相談してい

ませんが／犬とは話し合いました」

　万里小路氏は一連目で「思い悩む人生にこそ意義があるとでも？」と単刀直入に問うと、二連目でチャールズ・シュルツは明快に「犬を幸せにするために余生を捧げるつもりです」と自らの生き方を両親に宣言するのだ。思い悩む人生の中にもささやかなだが日々を生きる真実を見出していくのだろう。『ピーナッツ』の少年少女と飼い犬との小世界が不条理な世界の中で、どこか心の聖域というかオアシスのような安らぎを与えることを、万里小路氏は二連のチャールズ・シュルツの言葉で語らせようとしている。三連目四連目を引用する。

　何者にもなれないって／ひがむ前に考えるべきこと／犬を幸せにできる／人間になれること／／ひとはだれしも／相互に依存する存在／自己実現は／他者実現が保証している

　万里小路氏は、「アンチヒーロー」であるチャーリー・ブラウンが「犬を幸せにできる人間になれること」を目指す価値観に、これからの人間存在が目指す理想を見ているのだろう。それは「自己実現は他者実現が保証している」という、他者に敬意を払うという多様性への価値観を『ピーナッツ』の中に発見していき、そのキャラクターと関係性をⅡ章以降も詩に書き綴っていったのだろう。

3.
　チャーリー・ブラウン以外の個性的なキャラクターを紹介したい。

妹のサリー・ブラウンは学校が嫌いだというが、実は学校生活が嫌いで学校には同情を感じているようだ。Ⅱ章「我流哲学でいこう　Sally Brown(& Snoopy)」の「学校さん　Sally Brown & The School BLDG.」一連二連を引用する。

　学校と会話できる／それは　サリーだけの／得意技　いやむしろ／孤独な心の遊び技？／／「あなたは　学校であること／恥じるべきじゃないわ／今までどれだけ役に立ったか考えて」／「ちょっと気がめいるだけなんだよ」

サリー・ブラウンと学校との対話は本来的な学校の存在理由を想起させてくれ、学校をもっと開かれたものする可能性を暗示させている。

　チャーリー・ブラウンを好いているペパーミント・パティは彼に何度でも言い寄っていくが、巧みに煙に巻かれてしまう。Ⅳ章「すれ違う恋心　Peppermint Patty & Charlie Brown」の「おおきな木の下で Peppermint Patty & Charlie Brown」の一連二連を引用する。

　大きな木の根元を枕に／ふたりして寝そべっているのに／吐息はそれぞれ／異なる方向へ／／「満塁ホームランと赤毛の子との結婚／どっちを望む？」／「どうして両方できない？」／「現実の世界に生きてるからよ」

夢みる少年と現実的な少女のすれ違う心には深い溝があるが、それでも違う者同士で豊かな会話が成立している。

姉のルーシーは超利己主義者で、弟のライナスを意地悪く批判する。それに対してライナスは決してめげずに「安心毛布」を慈しむ。「Ⅸ　光の女王と豆哲学者　Lucy & Linus」の「安心毛布　Lucy & Linus」の一連二連を引用する。

　ひとの嗜好がそれぞれ／異なるように／ひとを安心させるもの／いろいろとあり／／「アホくさい毛布に／しがみついてさえいれば　どうして／安心するってことになるのよ？」／「ああ……」

　今日でも少年少女に限らず、学生たちも好きなキャラクターグッズをバックなどに付けて街を歩いている。ルーシーがなぜかシュローダーを好きなように、弟のライナスが「安心毛布」によって安心を得られることを否定することはできないと、万里小路氏は心の不思議さを語っている。

　最後に「ⅩⅦ　意のまま気ままの変身　Snoopy」の「Your Story　Snoopy」を引用したい。売れない小説を書き続ける愛犬のスヌーピーに触れた詩を引用したい。現実にはチャールズ・シュルツは世界で最高に売れた漫画『ピーナッツ』を描いたのだが、心の中では売れたことのない小説を書き続けるスヌーピーとの友情が中心テーマであり、どこか逆説に満ちている。また、結ばれぬ「赤毛の子」や好いてくるペパーミント・パティや個性的なキャラクターへの「永遠の思いやり」のような深い友情が一貫して流れていると考えて、万里小路氏はそれをタイトルにされたのだろう。この詩集『永遠の思いやり　チャーリー・

ブラウンとスヌーピーと仲間たち』は、チャールズ・シュルツの漫画『ピーナッツ』を愛する人びとたちに、なぜ『ピーナッツ』が魅力的なのか、その思想・哲学を明らかにし、そこに込められた作者の「永遠の思いやり」を分かりやすく伝えてくれている。そんなこの世界で生きるために大切なものに立ち還らせる試みの詩集として、どの頁からでも気楽に読んで欲しいと願っている。

　　売れたことがないけれど／書き続けるんだね／スヌーピー／自称畢生（ひっせい）の傑作群／／「びっくりプレゼントだよ……／眠る前にぼくの有名な小説／『暗い嵐の晩だった』から／何か少し読んであげよう」

「ピーナッツ」を翻訳した谷川俊太郎氏のような詩人は例外であり、大半の詩人は詩人として生活を維持していくことは、日本では難しいのが現実である。かつて万里小路氏は次のような言葉を語っていた。詩を書く無名の者が詩集を創れば、創れば創るほど出費が嵩んで生活は苦しくなる。しかし、それでも多くの詩人仲間は売れない詩を書いている。そのやるせない気持ちを売れない小説家の「スヌーピー」が代弁しているのではないか。万里小路氏が『ピーナッツ』に共感するのは、案外こんなところに源を発しているのかも知れない。それ故にこそ不条理な現実のありようを癒やし、本来的な友愛の素晴らしさを伝える『ピーナッツ』と、それに触発された万里小路氏の畢生（ひっせい）の『永遠の思いやり　チャーリー・ブラウンとスヌーピーと仲間たち』を、ぜひ読んで欲しいと心から願っている。

万里小路 譲　　既刊著書（受賞歴）

詩集　　『海は埋もれた涙のまつり』1983年、あうん社
　　　　（雁戸の会主宰「第13回山形県詩賞」）

小説集　『密訴』1986年、あうん社

詩集　　『夢と眠りと空の青さに』1994年、あうん社

詩集　　『風あるいは空に』1995年、印象社

詩集　　『凪』1998年、あうん社

詩集　　『交響譜』1999年、文芸社

詩論集　『詩というテキスト —— 山形県詩人詩集論』2003年、書肆犀
　　　　（山形県詩人会主宰「第2回山形県詩人会賞」）

歌謡論集『うたびとたちの苦悩と祝祭 —— 中島みゆきから尾崎豊、浜
　　　　崎あゆみまで』2003年、新風舎

詩集　　『マルティバース Multiverse』2009年、書肆犀

評論　　『吉野弘その転回視座の詩学』2009年、書肆犀

詩論集　『詩というテキストⅡ —— 山形県＋4県詩人詩論集』2013年、
　　　　書肆犀

詩集　　『はるかなる宇宙の片隅の風そよぐ大地での草野球 —— ス
　　　　ヌーピーとチャーリー・ブラウンとその仲間たち』2015年、書肆犀

評論　　『いまここにある永遠 —— エミリー・ディキンソンとE.E.カミ
　　　　ングズ』（門脇道雄名義）2015年、メディア・パブリッシング

社会教育論集『学校化社会の迷走』2016年、書肆犀
　　　　（鶴岡市教育委員会主宰「第59回高山樗牛賞」）

詩集　　『詩神たちへの恋文』2017年、土曜美術社出版販売

詩集　　『万里小路譲詩集』（新・現代詩文庫142）2019年、土曜美術
　　　　社出版販売

評論　　　『孤闘の詩人・石垣りんへの旅』2019年、コールサック社
　　　　　（真壁仁・野の文化賞運営委員会主宰「第35回真壁仁・野
　　　　　の文化賞」）
　　　　　（山形県芸術文化協会主宰「第43回山形芸術文化協会賞」）
　　　　　（らくがき倶楽部主宰「第50回らくがき文学賞」）
評論　　　『哀歓茫々の詩人・菊地隆三への旅』2020年、工房ヴィレ
詩論集　　『詩というテキストⅢ　言の葉の彼方へ』2020年、コール
　　　　　サック社
絵画詩・絵画論『フェルメール幻想ほか』2021年、工房ヴィレ
写真詩集（糸田ともよ・万里小路譲共著）『風の彼方へ』2021年、工
　　　　　房ヴィレ
音楽論集『楽音の彼方へ』2022年、工房ヴィレ

著者略歴

万里小路　譲（Joe Maricoji）

昭和26（1951）年9月14日、山形県鶴岡市生まれ、同在住。新潟大学人文学部英文科卒業、同大学人文学専攻科修了。
山形県立高校に英語教員として38年間勤務。かたわら、同人誌『印象』『荘内文学』『季刊恒星』『阿吽』『山形詩人』などに詩や評論を発表。
2014年度開校の鶴岡市立朝暘第四小学校、及び2015年度開校の鶴岡市立豊浦小学校の校歌作詞を担当。
現在、山形県詩人会副会長。文芸に関わる生涯教育講座などの講師のほか、有限会社「荘内音楽センター《おんがくハウス》」のサクソフォン講師を務める。
詩とエッセイの一枚誌『表象』を2009年4月に創刊、213号まで刊行し継続中。

現住所　〒997-0034　山形県鶴岡市本町3-7-6

石炭袋

詩集　永遠の思いやり
　　　チャーリー・ブラウンとスヌーピーと仲間たち

2023 年 6 月 8 日初版発行
著者　　　　　万里小路譲
編集・発行者　鈴木比佐雄
発行所　株式会社 コールサック社
〒 173-0004　東京都板橋区板橋 2-63-4-209
電話 03-5944-3258　FAX 03-5944-3238
suzuki@coal-sack.com　http://www.coal-sack.com
郵便振替　00180-4-741802
印刷管理　（株）コールサック社　制作部

装幀　松本菜央

落丁本・乱丁本はお取り替えいたします。
ISBN978-4-86435-570-4　C0092　￥2000E